100分間で楽しむ名作小説

人間椅子

江戸川乱歩

角川文庫
24081

目次

人間椅子

佳子《よしこ》は、毎朝、夫の登庁《とうちょう》を見送って了《しま》うと、それはいつも十時を過ぎるのだが、やっと自分のからだになって、洋館の方の、夫と共用の書斎へ、とじ籠《こも》るのが例になっていた。そこで、彼女は今、K雑誌のこの夏の増大号にのせる為の、長い創作にとりかかっているのだった。

美しい閨秀《けいしゅう》作家としての彼女は、此《こ》の頃《ごろ》では、外務省書記官である夫君の影を薄く思わせる程も、有名になっていた。彼女の所へは、毎日の様に未知の崇拝者達からの手紙が、幾通となくやって来た。

今朝《けさ》とても、彼女は、書斎の机の前に坐ると、仕事にとりかかる前に、先《ま》ず、それらの未知の人々からの手紙に、目を通さねばならなかった。

それは何《いず》れも、極《きま》り切った様に、つまらぬ文句のものばかりであったが、彼女は、女の優しい心遣《こころづか》いから、どの様な手紙であろうとも、自分に宛《あて》られたものは、兎《と》も角《かく》も、一通りは読んで見ることにしていた。

簡単なものから先にして、二通の封書と、一葉のはがきとを見て了うと、あとにはかさ高い原稿らしい一通が残った。別段通知の手紙は貰《もら》っていないけれど、そうして、突然原稿を送って来る例は、これまでにしても、よくあることだった。それは、多くの場合、長々しく退屈極る代物であったけれど、彼女は兎も角も、表題丈《だけ》でも見て置こうと、封を切って、中の紙束を取出して見た。

それは、思った通り、原稿用紙を綴《と》じたものであった。が、どうしたことか、表題も署名もなく、突然「奥様」という、呼びかけの言葉で始まっているのだった。ハテナ、では、やっぱり手紙なのかしら、そう思って、何気なく二行三行と目を走らせて行く内に、彼女は、そこから、何となく異常な、妙に気味悪いものを予感した。そして、持前《もちまえ》の好奇心が、彼女をして、ぐんぐん、先を読ませて行くのであった。

奥様、

奥様の方では、少しも御存じのない男から、突然、此様《このよう》な無躾《ぶしつけ》な御手紙を、差上げます罪を、幾重《いくえ》にもお許し下さいませ。

こんなことを申上げますと、奥様は、さぞかしびっくりなさる事で御座いましょうが、私は今、あなたの前に、私の犯して来ました、世にも不思議な罪悪を、告白しようとしているのでございます。

私は数ヶ月の間、全く人間界から姿を隠して、本当に、悪魔の様な生活を続けて参りました。勿論《もちろん》、広い世界に誰一人、私の所業を知るものはありません。若《も》し、何事もなければ、私は、このまま永久に、人間界に立帰ることはなかったかも知れないのでございます。

ところが、近頃になりまして、私の心にある不思議な変化が起りました。そして、どうしても、この、私の因果な身の上を、懺悔《ざんげ》しないではいられなくなりました。ただ、かように申しましたばかりでは、色々御不審《ごふしん》に思《おぼし》召《め》す点もございましょうが、どうか、兎も角も、この手紙を終りまで御読み下さいませ。そうすれば、何故《なぜ》、私がそんな気持になったのか。又何故、この告白を、殊更《ことさら》奥様に聞いて頂かねばならぬのか、それらのことが、悉《ことごと》く明白になるでございましょう。

さて、何から書き初めたらいいのか、余りに人間離れのした、奇怪千万な事実なので、こうした、人間世界で使われる、手紙という様な方法では、妙に面《おも》はゆくて、筆の鈍るのを覚えます。でも、迷っていても仕方がございません。兎も角も、事の起りから、順を追って、書いて行くことに致しましょう。

私は生れつき、世にも醜い容貌の持主でございます。これをどうか、はっきりと、お覚えなすっていて下さいませ。そうでないと、若し、あなたが、この無躾な願いを容《い》れて、私にお逢《あ》い下さいました場合、ただささえ醜い私の顔が、長い月日の不健康な生活の為《ため》に、二《ふ》た目と見られぬ、ひどい姿になっているのを、何の予備知識もなしに、あなたに見られるのは、私としては、堪《た》え難《がた》いことでございます。

私という男は、何と因果な生れつきなのでありましょう。そんな醜い容貌を持ちながら、胸の中では、人知れず、世にも烈《はげ》しい情熱を、燃《もや》していたのでございます。私は、お化《ばけ》のような顔をした、その上極《ご》く貧乏な、一職人に過ぎない私の現実を忘れて、身の程知らぬ、甘美な、贅沢《ぜいたく》な、種々様々の「夢」にあこがれていたのでございます。

私が若し、もっと豊な家に生れていましたなら、金銭の力によって、色々の遊戯に耽《ふ》けり、醜貌《しゅうぼう》のやるせなさを、まぎらすことが出来たでもありましょう。それとも又、私に、もっと芸術的な天分が、与えられていましたなら、例えば美しい詩歌によって、此世《このよ》の味気《あじき》なさを、忘れることが出来たでもありましょう。併《しか》し、不幸な私は、何《いず》れの恵みにも浴することが出来ず、哀れな、一家具職人の子として、親譲りの仕事によって、其日《そのひ》其日の暮しを、立てて行く外《ほか》はないのでございました。

私の専門は、様々の椅子《いす》を作ることでありました。私の作った椅子は、どんな難しい註文主にも、きっと気に入るというので、商会でも、私には特別に目をかけて、仕事も、上物《じょうもの》ばかりを、廻して呉《く》れて居りました。そんな上物になりますと、凭《もた》れや肘《ひじ》掛《か》けの彫りものに、色々むずかしい註文があったり、クッションの工合《ぐあい》、各部の寸法などに、微妙な好みがあったりして、それを作る者には、一寸《ちょっと》素人の想像出来ない様な苦心が要るのでございますが、でも、苦心をすればした丈け、出来上った時の愉快というものはありません。生意気を申す様ですけれど、その心持ちは、芸術家が立派な作品を完成した時の喜びにも、比ぶべきものではないかと存じます。

一つの椅子が出来上ると、私は先ず、自分で、それに腰かけて、坐り工合を試して見ます。そして、味気ない職人生活の内にも、その時ばかりは、何とも云えぬ得意を感じるのでございます。そこへは、どの様な高貴の方が、或《あるい》はどの様な美しい方がおかけなさることか、こんな立派な椅子を、註文なさる程のお邸《やしき》だから、そこには、きっと、この椅子にふさわしい、贅沢な部屋があるだろう。壁間《かべ》には定めし、有名な画家の油絵が懸《かか》り、天井からは、偉大な宝石の様な装飾電燈《シャンデリヤ》が、さがっているに相違ない。床には、高価な絨氈《じゅうたん》が、敷きつめてあるだろう。そして、この椅子の前のテーブルには、眼の醒める様な、西洋草花が、甘美な薫《かおり》を放って、咲き乱れていることであろう。そんな妄想に耽っていますと、何だかこう、自分が、その立派な部屋の主《あるじ》にでもなった様な気がして、ほんの一瞬間ではありますけれど、何とも形容の出来ない、愉快な気持になるのでございます。

私の果敢《はか》ない妄想は、猶《なお》とめどもなく増長して参ります。この私が、貧乏な、醜い、一職人に過ぎない私が、妄想の世界では、気高い貴公子になって、私の作った立派な椅子に、腰かけているのでございます。そして、その傍《かたわら》には、いつも私の夢に出て来る、美しい私の恋人が、におやかにほほえみながら、私の話に聞入って居ります。それればかりではありません。私は妄想の中で、その人と手をとり合って、甘い恋の睦言《むつごと》を、囁《ささや》き交《かわ》しさえするのでございます。

ところが、いつの場合にも、私のこの、フーワリとした紫の夢は、忽《たちま》ちにして、近所のお上《かみ》さんの姦《かしま》しい話声や、ヒステリーの様に泣き叫ぶ、其《その》辺《あたり》の病児《びょうじ》の声に妨《さまた》げられて、私の前には、又しても、醜い現実が、あの灰色のむくろをさらけ出すのでございます。現実に立帰った私は、そこに、夢の貴公子とは似てもつかない、哀れにも醜い、自分自身の姿を見出《みいだ》します。そして、今の先、私にほほえみかけて呉れた、あの美しい人は。……そんなものが、全体どこにいるのでしょう。その辺に、埃《ほこり》まみれになって遊んでいる、汚らしい子守《こもり》女でさえ、私なぞには、見向いても呉れはしないのでございます。ただ一つ、私の作った椅子丈けが、今の夢の名残《なごり》の様に、そこに、ポツネンと残って居ります。でも、その椅子は、やがて、いずことも知れぬ、私達のとは全く別な世界へ、運び去られて了うのではありませんか。

私は、そうして、一つ一つ椅子を仕上げる度毎《たびごと》に、いい知れぬ味気なさに襲われるのでございます。その、何とも形容の出来ない、いやあな、いやあな心持は、月日が経つに従って、段々、私には堪え切れないものになって参りました。

「こんな、うじ虫の様な生活を、続けて行く位なら、いっそのこと、死んで了った方が増しだ」私は、真面目に、そんなことを思います。仕事場で、コツコツと鑿《のみ》を使いながら、釘を打ちながら、或は、刺戟《しげき》の強い塗料をこね廻しながら、その同じことを、執拗《しつよう》に考え続けるのでございます。「だが、待てよ、死んで了う位なら、それ程の決心が出来るなら、もっと外に、方法がないものであろうか。例えば……」そうして、私の考えは、段々恐ろしい方へ、向いて行くのでありました。

丁度その頃、私は、嘗《か》つて手がけたことのない、大きな皮張りの肘掛椅子の、製作を頼まれて居りました。此椅子は、同じY市で外人の経営している、あるホテルへ納める品で、一体なら、その本国から取寄せる筈《はず》のを、私の雇われていた、商会が運動して、日本にも舶来品に劣らぬ椅子職人がいるからというので、やっと註文を取ったものでした。それ丈けに、私としても、寝食を忘れてその製作に従事しました。本当に魂をこめて、夢中になってやったものでございます。

さて、出来上った椅子を見ますと、私は嘗て覚えない満足を感じました。それは、我乍《われなが》ら、見とれる程の、見事な出来ばえであったのです。私は例によって、四脚一組になっているその椅子の一つを、日当りのよい板の間へ持出して、ゆったりと腰を下しました。何という坐り心地のよさでしょう。フックラと、硬《こわ》すぎず軟《やわら》かすぎぬクッションのねばり工合、態《わざ》と染色を嫌って灰色の生地のまま張りつけた、鞣革《なめしがわ》の肌触り、適度の傾斜を保って、そっと背中を支えて呉れる、豊満な凭《もた》れ、デリケートな曲線を描いて、オンモリとふくれ上った、両側の肘掛け、それらの凡《すべ》てが、不思議な調和を保って、渾然《こんぜん》として「安楽《コンフオート》」という言葉を、そのまま形に現している様に見えます。

私は、そこへ深々と身を沈め、両手で、丸々とした肘掛けを愛撫しながら、うっとりとしていました。すると、私の癖として、止めどもない妄想が、五色《ごしき》の虹の様に、まばゆいばかりの色彩を以《もっ》て、次から次へと湧《わ》き上って来るのです。あれを幻《まぼろし》というのでしょうか。心に思うままが、あんまりはっきりと、眼の前に浮んで来ますので、私は、若しや気でも違うのではないかと、空恐ろしくなった程でございます。

そうしています内に、私の頭に、ふとすばらしい考えが浮んで参りました。悪魔の囁きというのは、多分ああした事を指すのではありますまいか。それは、夢の様に荒唐無稽《こうとうむけい》で、非常に不気味な事柄でした。でも、その不気味さが、いいしれぬ魅力となって、私をそそのかすのでございます。

最初は、ただただ、私の丹誠《たんせい》を籠《こ》めた美しい椅子を、手離し度くない、出来ることなら、その椅子と一緒に、どこまでもついて行きたい、そんな単純な願いでした。それが、うつらうつらと妄想の翼を拡げて居ります内に、いつの間にやら、その日頃私の頭に醱酵《はっこう》して居りました、ある恐ろしい考えと、結びついて了ったのでございます。そして、私はまあ、何という気違いでございましょう。その奇怪極まる妄想を、実際に行《おこな》って見ようと思い立ったのでありました。

私は大急ぎで、四つの内で一番よく出来たと思う肘掛椅子を、バラバラに毀《こわ》してしまいました。そして、改めて、それを、私の妙な計画を実行するに、都合のよい様に造り直しました。

それは、極く大型のアームチェーアですから、掛ける部分は、床にすれすれまで皮で張りつめてありますし、其外、凭《もた》れも肘掛けも、非常に部厚に出来ていて、その内部には、人間一人が隠れていても、決して外から分らない程の、共通した、大きな空洞《うつろ》があるのです。無論、そこには、巌丈《がんじょう》な木の枠と、沢山なスプリングが取りつけてありますけれど、私はそれらに、適当な細工を施して、人間が掛ける部分に膝を入れ、凭れの中へ首と胴とを入れ、丁度椅子の形に坐れば、その中にしのんでいられる程の、余裕を作ったのでございます。

そうした細工は、お手のものですから、十分手際よく、便利に仕上げました。例えば、呼吸《いき》をしたり外部の物音を聞く為に皮の一部に、外からは少しも分らぬ様な隙間を拵《こしら》えたり、凭れの内部の、丁度頭のわきの所へ、小さな棚をつけて、何かを貯蔵出来る様にしたり、ここへ水筒と、軍隊用の堅《かた》パンとを詰め込みました。ある用途の為めに大きなゴムの袋を備えつけたり、その外《ほか》様々の考案を廻《めぐ》らして、食料さえあれば、その中に、二日三日這入《はい》りつづけていても、決して不便を感じない様にしつらえました。謂《い》わば、その椅子が、人間一人の部屋になった訳でございます。

私はシャツ一枚になると、底に仕掛けた出入口の蓋《ふた》を開けて、椅子の中へ、すっぽりと、もぐりこみました。それは、実に変てこな気持でございました。まっ暗な、息苦しい、まるで墓場の中へ這入った様な、不思議な感じが致します。考えて見れば、墓場に相違ありません。私は、椅子の中へ這入ると同時に、丁度、隠れ簑でも着た様に、この人間世界から、消滅して了う訳ですから。

間もなく、商会から使《つかい》のものが、四脚の肘掛椅子を受取る為に、大きな荷車を持って、やって参りました。私の内弟子《うちでし》が（私はその男と、たった二人暮しだったのです）何も知らないで、使のものと応待して居ります。

車に積み込む時、一人の人夫が「こいつは馬鹿に重いぞ」と怒鳴《どな》りましたので、椅子の中の私は、思わずハッとしましたが、一体、肘掛椅子そのものが、非常に重いのですから、別段あやしまれることもなく、やがて、ガタガタという、荷車の振動が、私の身体《からだ》にまで、一種異様の感触を伝えて参りました。

非常に心配しましたけれど、結局、何事もなく、その日の午後には、もう私の這入った肘掛椅子は、ホテルの一室に、どっかりと、据えられて居りました。後で分ったのですが、それは、私室ではなくて、人を待合せたり、新聞を読んだり、煙草《たばこ》をふかしたり、色々の人が頻繁《ひんぱん》に出入りする、ローンジとでもいう様な部屋でございました。

もうとっくに、御気づきでございましょうが、私の、この奇妙な行いの第一の目的は、人のいない時を見すまして、椅子の中から抜け出し、ホテルの中をうろつき廻って、盗みを働くことでありました。椅子の中に人間が隠れていようなどと、そんな馬鹿馬鹿しいことを、誰が想像致しましょう。私は、影の様に、自由自在に、部屋から部屋を、荒し廻ることが出来ます。そして、人々が、騒ぎ始める時分には、椅子の中の隠家《かくれが》へ逃げ帰って、息を潜《ひそ》めて、彼等の間抜けな捜索を、見物していればよいのです。あなたは、海岸の波打際《なみうちぎわ》などに、「やどかり」という一種の蟹《かに》のいるのを御存じでございましょう。大きな蜘蛛《くも》の様な恰好をしていて、人がいないと、その辺を我物顔に、のさばり歩いていますが、一寸でも人の跫音《あしおと》がしますと、恐ろしい速さで、貝殻《かいがら》の中へ逃げ込みます。そして、気味の悪い、毛むくじゃらの前足を、少しばかり貝殻から覗かせて、敵の動静を伺って居ります。私は丁度あの「やどかり」でございました。貝殻の代りに、椅子という隠家を持ち、海岸ではなくて、ホテルの中を、我物顔に、のさばり歩くのでございます。

さて、この私の突飛《とっぴ》な計画は、それが突飛であった丈け、人々の意表外に出《い》でて、見事に成功致しました。ホテルに着いて三日目には、もう、たんまりと一仕事済ませて居た程でございます。いざ盗みをするという時の、恐ろしくも、楽しい心持、うまく成功した時の、何とも形容し難《がた》い嬉しさ、それから、人々が私のすぐ鼻の先で、あっちへ逃げた、こっちへ逃げたと大騒ぎをやっているのを、じっと見ているおかしさ。それがまあ、どの様な不思議な魅力を持って、私を楽しませたことでございましょう。

でも、私は今、残念ながら、それを詳しくお話している暇はありません。私はそこで、そんな盗みなどよりは、十倍も二十倍も、私を喜ばせた所の、奇怪極まる快楽を発見したのでございます。そして、それについて、告白することが、実は、この手紙の本当の目的なのでございます。

お話を、前に戻して、私の椅子が、ホテルのローンジに置かれた時のことから、始めなければなりません。

椅子が着くと、一《ひと》しきり、ホテルの主人達が、その坐り工合を見廻って行きましたが、あとは、ひっそりとして、物音一つ致しません。多分部屋には、誰もいないのでしょう。でも、到着匆々《そうそう》、椅子から出ることなど、迚《とて》も恐ろしくて出来るものではありません。私は、非常に長い間（ただそんなに感じたのかも知れませんが）少しの物音も聞き洩《もら》すまいと、全神経を耳に集めて、じっとあたりの様子を伺って居りました。

そうして、暫《しばら》くしますと、多分廊下の方からでしょう、コツコツと重苦しい跫音が響いて来ました。それが、二三間向うまで近付くと、部屋に敷かれた絨氈の為に、殆《ほとん》ど聞きとれぬ程の低い音に代りましたが、間もなく、荒々しい男の鼻息が聞え、ハッと思う間に、西洋人らしい大きな身体が、私の膝の上に、ドサリと落ちてフカフカと二三度はずみました。私の太腿《ふともも》と、その男のガッシリした偉大な臀部《でんぶ》とは、薄い鞣皮一枚を隔てて、暖味《あたたかみ》を感じる程も密接しています。幅の広い彼の肩は、丁度私の胸の所へ凭れかかり、重い両手は、革を隔てて、私の手と重なり合っています。そして、男がシガーをくゆらしているのでしょう。男性的な、豊な薫《かおり》が、革の隙間を通して漾《ただよ》って参ります。

奥様、仮にあなたが、私の位置にあるものとして、其場の様子を想像してごらんなさいませ。それは、まあ何という、不思議千万な情景でございましょう。私はもう、余りの恐ろしさに、椅子の中の暗闇で、堅く堅く身を縮めて、わきの下からは、冷い汗をタラタラ流しながら、思考力もなにも失って了って、ただもう、ボンヤリしていたことでございます。

その男を手始めに、その日一日、私の膝の上には、色々な人が入り替り立替り、腰を下しました。そして、誰も、私がそこにいることを――彼等が柔いクッションだと信じ切っているものが、実は私という人間の、血の通った太腿であるということを――少しも悟らなかったのでございます。

まっ暗で、身動きも出来ない革張りの中の天地。それがまあどれ程、怪しくも魅力ある世界でございましょう。そこでは、人間というものが、日頃目で見ている、あの人間とは、全然別な不思議な生きものとして感ぜられます。彼等は声と、鼻息と、跫音と、衣《きぬ》ずれの音と、そして、幾つかの丸々とした弾力に富む肉塊《にくかい》に過ぎないのでございます。私は、彼等の一人一人を、その容貌の代りに、肌触りによって識別することが出来ます。あるものは、デブデブと肥《こ》え太って、腐った肴《さかな》の様な感触を与えます。それとは正反対に、あるものは、コチコチに瘦せひからびて、骸骨《がいこつ》のような感じが致します。その外、背骨《せぼね》の曲り方、肩胛骨《けんこうこつ》の開き工合、腕の長さ、太腿の太さ、或は尾骶骨《びていこつ》の長短など、それらの凡ての点を綜合して見ますと、どんな似寄った背恰好の人でも、どこか違った所があります。人間というものは、容貌や指紋の外に、こうしたからだ全体の感触によっても、完全に識別することが出来るに相違ありません。

異性についても、同じことが申されます。普通の場合は、主として容貌の美醜によって、それを批判するのでありましょうが、この椅子の中の世界では、そんなものは、まるで問題外なのでございます。そこには、まる裸の肉体と、声音《こわね》と、匂《におい》とがあるばかりでございます。

奥様、余りにあからさまな私の記述に、どうか気を悪くしないで下さいまし、私はそこで、一人の女性の肉体に、（それは私の椅子に腰かけた最初の女性でありました。）烈しい愛着を覚えたのでございます。

声によって想像すれば、それは、まだうら若い異国の乙女《おとめ》でございました。丁度その時、部屋の中には誰もいなかったのですが、彼女は、何か嬉しいことでもあった様子で、小声で、不思議な歌を歌いながら、躍《おど》る様な足どりで、そこへ這入って参りました。そして、私のひそんでいる肘掛椅子の前まで来たかと思うと、いきなり、豊満な、それでいて、非常にしなやかな肉体を、私の上へ投げつけました。しかも、彼女は何がおかしいのか、突然アハアハ笑い出し、手足をバタバタさせて、網の中の魚の様に、ピチピチとはね廻るのでございます。

それから、殆ど半時間ばかりも、彼女は私の膝の上で、時々歌を歌いながら、その歌に調子を合せでもする様に、クネクネと、重い身体を動かして居りました。

これは実に、私に取っては、まるで予期しなかった驚天動地《きょうてんどうち》の大事件でございました。女は神聖なもの、いや寧《むし》ろ怖《こわ》いものとして、顔を見ることさえ遠慮していた私でございます。其《その》私が、今、身も知らぬ異国の乙女と、同じ部屋に、同じ椅子に、それどころではありません、薄い鞣皮《なめしがわ》一重を隔てて肌のぬくみを感じる程も、密接しているのでございます。それにも拘《かかわ》らず、彼女は何の不安もなく、全身の重みを私の上に委《ゆだ》ねて、見る人のない気安さに、勝手気儘《きまま》な姿体を致して居ります。私は椅子の中で、彼女を抱きしめる真似をすることも出来ます。皮のうしろから、その豊な首筋に接吻《せっぷん》することも出来ます。その外、どんなことをしようと、自由自在なのでございます。

この驚くべき発見をしてからというものは、私は最初の目的であった盗みなどは第二として、ただもう、その不思議な感触の世界に、惑溺《わくでき》して了ったのでございます。私は考えました。これこそ、この椅子の中の世界こそ、私に与えられた、本当のすみかではないかと。私の様な醜い、そして気の弱い男は、明るい、光明の世界では、いつもひけ目を感じながら、恥かしい、みじめな生活を続けて行く外に、能のない身体でございます。それが、一度《ひとたび》、住む世界を換えて、こうして椅子の中で、窮屈な辛抱《しんぼう》をしていさえすれば、明るい世界では、口を利くことは勿論、側へよることさえ許されなかった、美しい人に接近して、その声を聞き肌に触れることも出来るのでございます。

椅子の中の恋（！）それがまあ、どんなに不可思議な、陶酔的《とうすいてき》な魅力を持つか、実際に椅子の中へ這入って見た人でなくては、分るものではありません。それは、ただ、触覚と、聴覚と、そして僅《わずか》の嗅覚《きゅうかく》のみの恋でございます。暗闇の世界の恋でございます。決してこの世のものではありません。これこそ、悪魔の国の愛慾なのではございますまいか。考えて見れば、この世界の、人目につかぬ隅々では、どの様に異形な、恐ろしい事柄が、行われているか、ほんとうに想像の外《ほか》でございます。

無論始めの予定では、盗みの目的を果しさえすれば、すぐにもホテルを逃げ出す積《つも》りでいたのですが、世にも奇怪な喜びに、夢中になった私は、逃げ出すどころか、いつまでもいつまでも、椅子の中を永住のすみかにして、その生活を続けていたのでございます。

夜々《よなよな》の外出には、注意に注意を加えて、少しも物音を立てず、又人目に触れない様にしていましたので、当然、危険はありませんでしたが、それにしても、数ケ月という、長い月日を、そうして少しも見つからず、椅子の中に暮していたというのは、我ながら実に驚くべき事でございました。

殆ど二六時中、椅子の中の窮屈な場所で、腕を曲げ、膝を折っている為に、身体中が痺《しび》れた様になって、完全に直立することが出来ず、しまいには、料理場や化粧室への往復を、躄の様に、這って行った程でございます。私という男は、何という気違いでありましょう。それ程の苦しみを忍んでも、不思議な感触の世界を見捨てる気になれなかったのでございます。

中には、一ケ月も二ケ月も、そこを住居《すまい》のようにして、泊りつづけている人もありましたけれど、元来ホテルのことですから絶えず客の出入りがあります。随《したが》って私の奇妙な恋も、時と共に相手が変って行くのを、どうすることも出来ませんでした。そして、その数々の不思議な恋人の記憶は、普通の場合の様に、その容貌によってではなく、主として身体の恰好によって、私の心に刻みつけられているのでございます。

あるものは、仔馬《こうま》の様に精悍《せいかん》で、すらりと引き締った肉体を持ち、あるものは、蛇の様に妖艶《ようえん》で、クネクネと自在に動く肉体を持ち、あるものは、ゴム鞠《まり》の様に肥え太って、脂肪と弾力に富む肉体を持ち、又あるものは、ギリシャの彫刻の様に、ガッシリと力強く、円満に発達した肉体を持って居りました。その外、どの女の肉体にも、一人一人、それぞれの特徴があり魅力があったのでございます。

そうして、女から女へと移って行く間に、私は又、それとは別な、不思議な経験をも味いました。

その一つは、ある時、欧洲のある強国の大使が（日本人のボーイの噂話によって知ったのですが）其偉大な体軀を、私の膝の上にのせたことでございます。それは、政治家としてよりも、世界的な詩人として、一層よく知られていた人ですが、それ丈けに、私は、その偉人の肌を知ったことが、わくわくする程も、誇らしく思われたのでございます。彼は私の上で、二三人の同国人を相手に、十分ばかり話をすると、そのまま立去《たちさっ》て了いました。無論、何を云っていたのか、私にはさっぱり分りませんけれど、ジェステュアをする度に、ムクムクと動く、常人よりも暖いかと思われる肉体の、くすぐる様な感触が、私に一種名状すべからざる刺戟を、与えたのでございます。

その時、私はふとこんなことを想像しました。若し！　この革のうしろから、鋭いナイフで、彼の心臓を目がけて、グサリと一突きしたなら、どんな結果を惹起《ひきおこ》すであろう。無論、それは彼に再び起つことの出来ぬ致命傷を与えるに相違ない。彼の本国は素《もと》より、日本の政治界は、その為に、どんな大騒ぎを演じることであろう。新聞は、どんな激情的な記事を掲げることであろう。それは、日本と彼の本国との外交関係にも、大きな影響を与えようし、又芸術の立場から見ても、彼の死は世界の一大損失に相違ない。そんな大事件が、自分の一挙手によって、易々《やすやす》と実現出来るのだ。それを思うと、私は、不思議な得意を感じないではいられませんでした。

もう一つは、有名なある国のダンサーが来朝した時、偶然彼女がそのホテルに宿泊して、たった一度ではありましたが、私の椅子に腰かけたことでございます。その時も、私は、大使の場合と似た感銘を受けましたが、その上、彼女は私に、嘗《か》つて経験したことのない理想的な肉体美の感触を与えて呉れました。私はそのあまりの美しさに卑しい考えなどは起す暇《ひま》もなく、ただもう、芸術品に対する時の様な、敬虔《けいけん》な気持で、彼女を讃美したことでございます。

その外、私はまだ色々と、珍しい、不思議な、或は気味悪い、数々の経験を致しましたが、それらを、ここに細叙《さいじょ》することは、この手紙の目的でありませんし、それに大分《だいぶ》長くなりましたから、急いで、肝心の点にお話を進めることに致しましょう。

さて、私がホテルへ参りましてから、何ケ月かの後、私の身の上に一つの変化が起ったのでございます。といいますのは、ホテルの経営者が、何かの都合で帰国することになり、あとを居抜きのまま、ある日本人の会社に譲り渡したのであります。すると、日本人の会社は、従来の贅沢な営業方針を改め、もっと一般向きの旅館として、有利な経営を目論《もくろ》むことになりました。その為に不用になった調度などは、ある大きな家具商に委託して、競売せしめたのでありますが、その競売目録の内に、私の椅子も加わっていたのでございます。

私は、それを知ると、一時はガッカリ致しました。そして、それを機《き》として、もう一度娑婆《しゃば》へ立帰り、新しい生活を始めようかと思った程でございます。その時分には、盗みためた金が相当の額に上っていましたから、仮令《たとい》、世の中へ出ても、以前の様に、みじめな暮しをすることはないのでした。が、又思い返して見ますと、外人のホテルを出たということは、一方に於《おい》ては、大きな失望でありましたけれど、他方に於ては、一つの新しい希望を意味するものでございました。といいますのは、私は数ケ月の間も、それ程色々の異性を愛したにも拘らず、相手が凡て異国人であった為に、それがどんな立派な、好もしい肉体の持主であっても、精神的に妙な物足りなさを感じない訳には行きませんでした。やっぱり、日本人は、同じ日本人に対してでなければ、本当の恋を感じることが出来ないのではあるまいか。私は段々、そんな風に考えていたのでございます。そこへ、丁度私の椅子が競売に出たのであります。今度は、ひょっとすると、日本人に買いとられるかも知れない。そして、日本人の家庭に置かれるかも知れない。それが、私の新しい希望でございました。私は、兎も角、もう少し椅子の中の生活を続けて見ることに致しました。

道具屋の店先で、二三日の間、非常に苦しい思いをしましたが、でも、競売が始まると、仕合《しあわ》せなことには、私の椅子は早速《さっそく》買手がつきました。古くなっても、十分人目を引く程、立派な椅子だったからでございましょう。

買手はY市から程遠からぬ、大都会に住んでいた、ある官吏《かんり》でありました。道具屋の店先から、その人の邸まで、何里かの道を、非常に震動の烈しいトラックで運ばれた時には、私は椅子の中で死ぬ程の苦しみを嘗《な》めましたが、でも、そんなことは、買手が、私の望み通り日本人であったという喜びに比べては、物の数でもございません。

　買手のお役人は、可成《かなり》立派な邸の持主で、私の椅子は、そこの洋館の、広い書斎に置かれましたが、私にとって非常に満足であったことには、その書斎は、主人よりは、寧ろ、その家の、若く美しい夫人が使用されるものだったのでございます。それ以来、約一ヶ月の間、私は絶えず、夫人と共に居りました。夫人の食事と、就寝の時間を除いては、夫人のしなやかな身体は、いつも私の上に在《あ》りました。それというのが、夫人は、その間《あいだ》、書斎につめきって、ある著作に没頭していられたからでございます。

　私がどんなに彼女を愛したか、それは、ここに管々《くだくだ》しく申し上げるまでもありますまい。彼女は、私の始めて接した日本人で、而《しか》も十分美しい肉体の持主でありました。私は、そこに、始めて本当の恋を感じました。それに比べては、ホテルでの、数多い経験などは、決して恋と名づくべきものではございません。その証拠には、これまで一度も、そんなことを感じなかったのに、その夫人に対して丈け私は、ただ秘密の愛撫を楽しむのみではあき足らず、どうかして、私の存在を知らせようと、色々苦心したのでも明かでございましょう。

私は、出来るならば、夫人の方でも、椅子の中の私を意識して欲しかったのでございます。そして、虫のいい話ですが、私を愛して貰い度く思ったのでございます。でも、それをどうして合図致しましょう。若し、そこに人間が隠れているということを、あからさまに知らせたなら、彼女はきっと、驚きの余り、主人や召使達に、その事を告げるに相違ありません。それでは凡《すべ》てが駄目になって了うばかりか、私は、恐ろしい罪名を着て、法律上の刑罰をさえ受けなければなりません。

そこで、私は、せめて夫人に、私の椅子を、この上にも居心地よく感じさせ、それに愛着を起させようと努めました。芸術家である彼女は、きっと常人以上の、微妙な感覚を備えているに相違ありません。若しも、彼女が、私の椅子に生命を感じて呉れたなら、ただの物質としてではなく、一つの生きものとして愛着を覚えてくれたなら、それ丈けでも、私は十分満足なのでございます。

私は、彼女が私の上に身を投げた時には、出来る丈けフーワリと優しく受ける様に心掛けました。彼女が私の上で疲れた時分には、分らぬ程にソロソロと膝を動かして、彼女の身体の位置を換える様に致しました。そして、彼女が、うとうとと、居眠りを始める様な場合には、私は、極く極く幽《かす》かに、膝をゆすって、揺籃《ようらん》の役目を勤めたことでございます。

その心遣《こころや》りが報《むく》いられたのか、それとも、単に私の気の迷いか、近頃では、夫人は、何となく私の椅子を愛している様に思われます。彼女は、丁度嬰児《あかんぼ》が母親の懐《ふところ》に抱かれる時の様な、又は、処女《おとめ》が恋人の抱擁《ほうよう》に応じる時の様な、甘い優しさを以て私の椅子に身を沈めます。そして、私の膝の上で、身体を動かす様子までが、さも懐《なつか》しげに見えるのでございます。

かようにして、私の情熱は、日々に烈しく燃えて行くのでした。そして、遂には、ああ奥様、遂には、私は、身の程もわきまえぬ、大それた願いを抱く様になったのでございます。たった一目、私の恋人の顔を見て、そして、言葉を交すことが出来たなら、其《その》まま死んでもいいとまで、私は、思いつめたのでございます。

奥様、あなたは、無論、とっくに御悟《おさと》りでございましょう。その私の恋人と申しますのは、余りの失礼をお許し下さいませ。実は、あなたなのでございます。あなたの御主人が、あのY市の道具店で、私の椅子を御買取りになって以来、私はあなたに及ばぬ恋をささげていた、哀れな男でございます。

奥様、一生の御願いでございます。たった一度、私にお逢い下さる訳《わけ》には行かぬでございましょうか。そして、一言でも、この哀れな醜い男に、慰めのお言葉をおかけ下さる訳には行かぬでございましょうか。私は決してそれ以上を望むものではありません。そんなことを望むには、余りに醜く、汚《けが》れ果てた私でございます。どうぞどうぞ、世にも不幸な男の、切なる願いを御聞き届け下さいませ。

私は昨夜、この手紙を書く為に、お邸を抜け出しました。面と向って、奥様にこんなことをお願いするのは、非常に危険でもあり、且《か》つ私には迚も出来ないことでございます。

そして、今、あなたがこの手紙をお読みなさる時分には、私は心配の為に青い顔をして、お邸のまわりを、うろつき廻って居ります。

若し、この、世にも無躾なお願いをお聞き届け下さいますなら、どうか書斎の窓の撫子《なでしこ》の鉢植《はちうえ》に、あなたのハンカチをおかけ下さいまし、それを合図に、私は、何気なき一人の訪問者としてお邸の玄関を訪れるでございましょう。

そして、このふしぎな手紙は、ある熱烈な祈りの言葉を以て結ばれていた。

佳子は、手紙の半程《なかほど》まで読んだ時、已《すで》に恐しい予感の為に、まっ青になって了った。

そして、無意識に立上ると、気味悪い肘掛椅子の置かれた書斎から逃げ出して、日本建ての居間の方へ来ていた。手紙の後の方は、いっそ読まないで、破り棄《す》てて了おうかと思ったけれど、どうやら気懸《きが》かりなままに、居間の小机の上で、兎も角も、読みつづけた。

彼女の予感はやっぱり当っていた。

これはまあ、何という恐ろしい事実であろう。彼女が毎日腰かけていた、あの肘掛椅子の中には、見も知らぬ一人の男が、入っていたのであるか。

「オオ、気味の悪い」

彼女は、背中から冷水をあびせられた様な、悪寒《おかん》を覚えた。そして、いつまでたっても、不思議な身震いがやまなかった。

彼女は、あまりのことに、ボンヤリして了って、これをどう処置すべきか、まるで見当がつかぬのであった。椅子を調べて見る（?）どうしてどうして、そんな気味の悪いことが出来るものか。そこには仮令、もう人間がいなくても、食物その他の、彼に附属した汚いものが、まだ残されているに相違ないのだ。

「奥様、お手紙でございます」

ハッとして、振り向くと、それは、一人の女中が、今届いたらしい封書を持《もっ》て来たのだった。

佳子は、無意識にそれを受取って、開封しようとしたが、ふと、その上書《うわがき》を見ると、彼女は、思わずその手紙を取りおとした程も、ひどい驚きに打たれた。そこには、さっきの無気味な手紙と寸分違わぬ筆癖《ふでぐせ》をもって、彼女の名宛《なあて》が書かれてあったのだ。

彼女は、長い間、それを開封しようか、しまいかと迷っていた。が、とうとう、最後にそれを破って、ビクビクしながら、中身を読んで行った。手紙はごく短いものであったけれど、そこには、彼女を、もう一度ハッとさせた様な、奇妙な文言《もんごん》が記《しる》されていた。

突然御手紙を差上げます無躾を、幾重にもお許し下さいまし。私は日頃、先生のお作を愛読しているものでございます。別封お送り致しましたのは、私の拙《つたな》い創作でございます。御一覧の上、御批評が頂けますれば、此上の幸《さいわい》はございません。ある理由の為に、原稿の方は、この手紙を書きます前に投函致しましたから、已に御覧済みかと拝察致します。如何《いかが》でございましたでしょうか。若し、拙作《せっさく》がいくらかでも、先生に感銘を与え得たとしますれば、こんな嬉しいことはないのでございますが。

原稿には、態《わざ》と省いて置きましたが、表題は「人間椅子」とつけたい考えでございます。

では、失礼を顧《かえり》みず、お願いまで。匆々《そうそう》。

目羅博士の不思議な犯罪

一

私は探偵小説の筋《すじ》を考える為《ため》に、方々《ほうぼう》をぶらつくことがあるが、東京を離れない場合は、大抵《たいてい》行先が極《きま》っている。浅草《あさくさ》公園、花やしき、上野《うえの》の博物館、同じく動物園、隅田川《すみだがわ》の乗合蒸汽、両国《りょうごく》の国技館。(あの丸屋根が往年のパノラマ館を聯想《れんそう》させ、私をひきつける)今もその国技館の「お化け大会」という奴を見て帰った所だ。久しぶりで「八幡の藪不知」をくぐって、子供の時分の懐しい思出に耽《ふけ》ることが出来た。

ところで、お話は、やっぱりその、原稿の催促《さいそく》がきびしくて、家にいたたまらず、一週間ばかり東京市内をぶらついていた時、ある日、上野の動物園で、ふと妙な人物に出合ったことから始まるのだ。

もう夕方で、閉館時間が迫って来て、見物達は大抵帰ってしまい、館内はひっそり閑《かん》と静まり返っていた。

芝居や寄席なぞでもそうだが、最後の幕はろくろく見もしないで、下足《げそく》場《ば》の混雑ばかり気にしている江戸っ子気質はどうも私の気風に合わぬ。

動物園でもその通りだ。東京の人は、なぜか帰りいそぎをする。まだ門が閉った訳《わけ》でもないのに、場内はガランとして、人気《ひとけ》もない有様だ。

私は猿の檻《おり》の前に、ぼんやり佇《たたず》んで、つい今しがたまで雑沓《ざっとう》していた、園内の異様な静けさを楽しんでいた。

猿共も、からかって呉れる対手《あいて》がなくなった為か、ひっそりと、淋しそうにしている。

あたりが余りに静かだったので、暫《しばら》くして、ふと、うしろに人の気配を感じた時には、何かしらゾッとした程だ。

それは髪を長く延ばした、青白い顔の青年で、折目のつかぬ服を着た、所謂《いわゆる》「ルンペン」という感じの人物であったが、顔付の割には快活に、檻の中の猿にからかったりし始めた。

よく動物園に来るものと見えて、猿をからかうのが手に入《い》ったものだ。餌を一つやるにも、思う存分芸当をやらせて、散々《さんざん》楽しんでから、やっと投げ与えるという風で、非常に面白いものだから、私はニヤニヤ笑いながら、いつまでもそれを見物していた。

「猿ってやつは、どうして、相手の真似をしたがるのでしょうね」

男が、ふと私に話しかけた。彼はその時、蜜柑《みかん》の皮を上に投げては受取り、投げては受取りしていた。檻の中の一匹の猿も、彼と全く同じやり方で、蜜柑の皮を投げたり受取ったりしていた。

私が笑って見せると、男は又云《い》った。

「真似って云うことは、考えて見ると怖《こわ》いですね。神様が、猿にああいう本能をお与えなすったことがですよ」

私は、この男、哲学者ルンペンだなと思った。

「猿が真似するのはおかしいけど、人間が真似するのはおかしくありませんね。神様は人間にも、猿と同じ本能を、いくらかお与えなすった。それは考えて見ると怖いですよ。あなた、山の中で大猿に出会った旅人の話をご存じですか」

男は話ずきと見えて、段々口数が多くなる。私は、人見知りをする質《たち》で、他人から話しかけられるのは余り好きでないが、この男には、妙な興味を感じた。青白い顔とモジャモジャした髪の毛が、私をひきつけたのかも知れない。或《あるい》は、彼の哲学者風な話方《はなしかた》が気に入ったのかも知れない。

「知りません。大猿がどうかしたのですか」

私は進んで相手の話を聞こうとした。

「人里離れた深山《しんざん》でね、一人旅の男が、大猿に出会ったのです。そして、脇《わき》ざしを猿に取られてしまったのですよ。猿はそれを抜いて、面白半分に振り廻《まわ》してかかって来る。旅人は町人なので、一本とられてしまったら、もう刀はないものだから、命さえ危《あやう》くなったのです」

夕暮の猿の檻の前で、青白い男が妙な話を始めたという、一種の情景が私を喜ばせた。私は「フンフン」と合槌《あいづち》をうった。

「取戻そうとするけれど、相手は木昇りの上手な猿のことだから、手のつけ様がないのです。だが、旅の男は、なかなか頓智《とんち》のある人で、うまい方法を考えついた。彼は、その辺に落ちていた木の枝を拾って、それを刀になぞらえ、色々な恰好《かっこう》をして見せた。猿の方では、神様から人真似の本能を授《さず》けられている悲しさに、旅人の仕草《しぐさ》を一々真似始めたのです、そして、とうとう、自殺をしてしまったのです。なぜって、旅人が、猿の興《きょう》に乗って来たところを見すまし、木の枝でしきりと自分の頸部《けいぶ》をなぐって見せたからです。猿はそれを真似て抜身《ぬきみ》で自分の頸《くび》をなぐったから、たまりません。血を出して、血が出てもまだ我と我《わ》が頸をなぐりながら、絶命してしまったのです。旅人は刀を取返した上に、大猿一匹お土産《みやげ》が出来たというお話ですよ。ハハハ……」

男は話し終って笑ったが、妙に陰気な笑声《わらいごえ》であった。

「ハハ……、まさか」

私が笑うと、男はふと真面目になって、

「イイエ、本当です。猿って奴《やつ》は、そういう悲しい恐ろしい宿命を持っているのです。ためして見ましょうか」

男は云いながら、その辺に落ちていた木切れを、一匹の猿に投げ与え、自分はついていたステッキで、頸を切る真似をして見せた。

すると、どうだ。この男よっぽど猿を扱い慣れていたと見え、猿奴《め》は木切れを拾って、いきなり自分の頸をキュウキュウこすり始めたではないか。

「ホラね、もしあの木切れが、本当の刀だったらどうです。あの小猿、とっくにお陀仏《だぶつ》ですよ」

広い園内はガランとして、人っ子一人いなかった。茂った樹々の下陰には、もう夜の闇が、陰気な隈《くま》を作っていた。私は何となく身内《みうち》がゾクゾクして来た。私の前に立《たっ》ている青白い青年が、普通の人間でなくて、魔法使《まほうつかい》かなんかの様に思われて来た。

「真似というものの恐ろしさがお分りですか。人間だって同じですよ。人間だって、真似をしないではいられぬ、悲しい恐ろしい宿命を持って生れているのですよ。タルドという社会学者は、人間生活を『模倣』の二字でかたづけようとした程ではありませんか」

今はもう一々覚えていないけれど、青年はそれから、「模倣」の恐怖について色々と説を吐いた。彼は又、鏡というものに、異常な恐れを抱《いだ》いていた。

「鏡をじっと見つめていると、怖《こわ》くなりやしませんか。僕はあんな怖いものはないと思いますよ。なぜ怖いか。鏡の向側《むこうがわ》に、もう一人の自分がいて、猿の様に人真似をするからです」

そんなことを云ったのも、覚えている。

動物園の閉門の時間が来て、係りの人に追いたてられて、私達はそこを出たが、出てからも別れてしまわず、もう暮れきった上野の森を、話《はな》しながら、肩を並べて歩いた。

「僕知っているんです。あなた江戸川《えどがわ》さんでしょう。探偵小説の」

暗い木《こ》の下道《したみち》を歩いていて、突然そう云われた時に、私は又してもギョッとした。相手がえたいの知れぬ、恐ろしい男に見えて来た。と同時に、彼に対する興味も一段と加わって来た。

「愛読しているんです。近頃のは正直に云うと面白くないけれど、以前のは、珍らしかったせいか、非常に愛読したものですよ」

男はズケズケ物を云った。それも好もしかった。

「アア、月が出ましたね」

青年の言葉は、ともすれば急激な飛躍をした。ふと、こいつ気違いではないかと、思われる位であった。

「今日は十四日でしたかしら。殆《ほとん》ど満月ですね。降り注ぐ様な月光というのは、これでしょうね。月の光て、なんて変なものでしょう。月光が妖術を使うという言葉を、どっかで読みましたが、本当ですね。同じ景色が、昼間とはまるで違って見えるではありませんか。あなたの顔だって、そうですよ。さい前《ぜん》、猿の檻の前に立っていらしったあなたとは、すっかり別の人に見えますよ」

そう云って、ジロジロ顔を眺められると、私も変な気持になって、相手の顔の、隈になった両眼が、黒ずんだ唇《くちびる》が、何かしら妙な怖いものに見え出したものだ。

「月と云えば、鏡に縁がありますね。水月《すいげつ》という言葉や、『月が鏡となればよい』という文句が出来て来たのは、月と鏡と、どこか共通点がある証拠ですよ。ごらんなさい、この景色を」

彼が指さす眼下には、いぶし銀の様にかすんだ、昼間の二倍の広さに見える不忍池《しのばずのいけ》が拡がっていた。

「昼間の景色が本当のもので、今月光に照らされているのは、其《その》昼間の景色が鏡に写っている、鏡の中の影だとは思いませんか」

青年は、彼自身も又、鏡の中の影の様に、薄ぼんやりした姿で、ほの白い顔で、云った。

「あなたは、小説の筋を探していらっしゃるのではありませんか。僕一つ、あなたにふさわしい筋を持っているのですが、僕自身の経験した事実談ですが、お話ししましょうか。聞いて下さいますか」

事実私は小説の筋を探していた。しかし、そんなことは別にしても、この妙な男の経験談が聞いて見たい様に思われた。今までの話し振りから想像しても、それは決して、ありふれた、退屈な物語ではなさそうに感じられた。

「聞きましょう。どこかで、ご飯でもつき合って下さいませんか。静かな部屋で、ゆっくり聞かせて下さい」

私が云うと、彼はかぶりを振って、

「ご馳走《ちそう》を辞退するのではありません。僕は遠慮なんかしません。併《しか》し、僕のお話は、明るい電燈には不似合です。あなたさえお構いなければ、ここで、ここのベンチに腰かけて、妖術使いの月光をあびながら、巨大な鏡に映った不忍池を眺めながら、お話ししましょう。そんなに長い話ではないのです」

私は青年の好みが気に入った。そこで、あの池を見はらす高台の、林の中の捨て石に、彼と並んで腰をおろし、青年の異様な物語を聞くことにした。

二

「ドイルの小説に『恐怖の谷』というのがありましたね」

青年は唐突《とうとつ》に始めた。

「あれは、どっかの嶮《けわ》しい山と山が作っている峡谷のことでしょう。だが、恐怖の谷は何も自然の峡谷ばかりではありませんよ。この東京の真中の、丸《まる》の内《うち》にだって恐ろしい谷間があるのです。

高いビルディングとビルディングとの間にはさまっている、細い道路。そこは自然の峡谷よりも、ずっと嶮しく、ずっと陰気です。文明の作った幽谷です。科学の作った谷底です。その谷底の道路から見た、両側の六階七階の殺風景なコンクリート建築は、自然の断崖の様に、青葉もなく、季節季節の花もなく、目に面白いでこぼこもなく、文字通り斧《おの》でたち割った、巨大な鼠色《ねずみいろ》の裂目《さけめ》に過ぎません。見上る空は帯の様に細いのです。日も月も、一日の間にホンの数分間しか、まともには照らないのです。その底からは昼間でも星が見える位です。不思議な冷い風が、絶えず吹きまくっています。

そういう峡谷の一つに、大地震以前まで、僕は住んでいたのです。建物の正面は丸の内のS通りに面していました。正面は明るくて立派なのです。併し、一度背面に廻ったら、別のビルディングと背中合わせで、お互《たがい》に殺風景な、コンクリート丸出しの、窓のある断崖が、たった二間巾《けんはば》程の通路を挟んで、向き合っています。都会の幽谷というのは、つまりその部分なのです。

ビルディングの部屋部屋は、たまには住宅兼用の人もありましたが、大抵は昼間丈《だ》けのオフィスで、夜は皆帰ってしまいます。昼間賑《にぎや》かな丈けに、夜の淋しさといったらありません。丸の内の真中で、ふくろが鳴くかと怪まれる程、本当に深山の感じです。例のうしろ側の峡谷も、夜こそ文字通り峡谷です。

僕は、昼間は玄関番を勤め、夜はそのビルディングの地下室に寝泊りしていました。四五人泊り込みの仲間があったけれど、僕は絵が好きで、暇さえあれば、独りぼっちで、カンヴァスを塗りつぶしていました。自然他《ほか》の連中とは口も利かない様な日が多かったのです。

その事件が起ったのは、今いううしろ側の峡谷なのですから、そこの有様を少しお話しして置く必要があります。そこには建物そのものに、実に不思議な、気味の悪い暗合があったのです。暗合にしては、あんまりぴったり一致し過ぎているので、僕は、その建物を設計した技師の、気まぐれないたずらではないかと思ったものです。

というのは、其《その》二つのビルディングは、同じ位の大きさで、両方とも五階でしたが、表側や、側面は、壁の色なり装飾なり、まるで違っている癖《くせ》に、峡谷の側の背面丈けは、どこからどこまで、寸分《すんぶん》違わぬ作りになっていたのです。屋根の形から、鼠色の壁の色から、各階に四つずつ開いている窓の構造から、まるで写真に写した様に、そっくりなのです。若《も》しかしたら、コンクリートのひび割れまで、同じ形をしていたかも知れません。

その峡谷に面した部屋は、一日に数分間（というのはちと大袈裟《おおげさ》ですが）まあほんの瞬《また》くひましか日がささぬので、自然借り手がつかず、殊《こと》に一番不便な五階などは、いつも空《あき》部屋になっていましたので、僕は暇《ひま》なときには、カンヴァスと絵筆を持って、よくその空き部屋へ入《い》り込んだものです。そして、窓から覗《のぞ》く度毎《たびごと》に、向うの建物が、まるでこちらの写真の様に、よく似ていることを、不気味に思わないではいられませんでした。何か恐ろしい出来事の前兆みたいに感じられたのです。

そして、其僕の予感が、間もなく的中する時が来たではありませんか。しかも、五階の北の端《はし》の窓で、首くくりがあったのです。しかも、それが、少し時を隔てて、三度も繰返《くりかえ》されたのです。

最初の自殺者は、中年の香料ブローカーでした。その人は初め事務所を借りに来た時から、何となく印象的な人物でした。商人の癖に、どこか商人らしくない、陰気な、いつも何か考えている様な男でした。この人はひょっとしたら、裏側の峡谷に面した、日のささぬ部屋を借りるかも知れないと思っていると、案《あん》の定《じょう》、そこの五階の北の端の、一番人里離れた（ビルディングの中で、人里はおかしいですが、如何《いか》にも人里離れたという感じの部屋でした）一番陰気な、随《したが》って室料も一番廉《やす》い二部屋続きの室を選んだのです。

そうですね、引越して来て、一週間もいましたかね、兎《と》に角極《かくご》く僅《わず》かの間でした。

その香料ブローカーは、独身者だったので、一方の部屋を寝室にして、そこへ安物のベッドを置いて、夜は、例の幽谷を見おろす、陰気な断崖の、人里離れた岩窟の様なその部屋に、独りで寝泊りしていました。そして、ある月のよい晩のこと、窓の外に出っ張っている、電線引込用の小さな横木に細引《ほそびき》をかけて、首を縊《くく》って自殺をしてしまったのです。

朝になって、その辺一帯を受持っている、道路掃除の人夫が、遥《はる》か頭の上の、断崖のてっぺんにブランブラン揺れている縊死者《いししゃ》を発見して、大騒ぎになりました。

彼が何故《なぜ》自殺をしたのか、結局分らないままに終りました。色々調べて見ても、別段事業が思わしくなかった訳でも、借金に悩まされていた訳でもなく、独身者のこと故《ゆえ》、家庭的な煩悶《はんもん》があったというでもなく、そうかといって、痴情の自殺、例《たと》えば失恋という様なことでもなかったのです。

『魔がさしたんだ、どうも、最初来た時から、妙に沈み勝ちな、変な男だと思った』

人々はそんな風にかたづけてしまいました。一度はそれで済んでしまったのです。ところが、間もなく、その同じ部屋に、次の借手がつき、その人は寝泊りしていた訳ではありませんが、ある晩徹夜の調べものをするのだといって、その部屋にとじこもっていたかと思うと、翌朝は、又ブランコ騒ぎです。全く同じ方法で、首を縊って自殺をとげたのです。

やっぱり、原因は少しも分りませんでした。今度の縊死者は、香料ブローカーと違って、極く快活な人物で、その陰気な部屋を選んだのも、ただ室料が低廉《ていれん》だからという単純な理由からでした。

恐怖の谷に開いた、呪いの窓。その部屋へ入ると、何の理由もなく、ひとりでに死に度《た》くなって来るのだ。という怪談めいた噂《うわさ》が、ヒソヒソと囁《ささや》かれました。

三度目の犠牲者は、普通の部屋借り人ではありませんでした。そのビルディングの事務員に、一人の豪傑がいて、俺《おれ》が一つためして見ると云い出したのです。化物屋敷を探険でもする様な、意気込みだったのです」

青年が、そこまで話し続けた時、私は少々彼の物語に退屈を感じて、口をはさんだ。

「で、その豪傑も同じ様に首を縊ったのですか」

青年は一寸《ちよつと》驚いた様に、私の顔を見たが、

「そうです」

と不快らしく答えた。

「一人が首を縊ると、同じ場所で、何人も何人も首を縊る。つまりそれが、模倣の本能の恐ろしさだということになるのですか」

「アア、それで、あなたは退屈なすったのですね。違います。違います。そんなつまらないお話ではないのです」

青年はホッとした様子で、私の思い違いを訂正した。

「魔の踏切りで、いつも人死《ひとじに》があるという様な、あの種類の、ありふれたお話ではないのです」

「失敬しました。どうか先をお話し下さい」

私は慇懃《いんぎん》に、私の誤解を詫《わ》びた。

三

「事務員は、たった一人で、三晩というものその魔の部屋にあかしました。しかし何事もなかったのです。彼は悪魔払いでもした顔で、大威張《おおいば》りです。そこで、僕は云ってやりました。『あなたの寝た晩は、三晩とも、曇っていたじゃありませんか。月が出なかったじゃありませんか』とね」

「ホホウ、その自殺と月とが、何か関係でもあったのですか」

私はちょっと驚いて、聞き返した。

「エエ、あったのです。最初の香料ブローカーも、その次の部屋借り人も、月の冴えた晩に死んだことを、僕は気づいていました。月が出なければ、あの自殺は起らないのだ。それも、狭い峡谷に、ほんの数分間、白銀色《しろがねいろ》の妖光がさし込んでいる、その間に起るのだ。月光の妖術なのだ。と僕は信じきっていたのです」

青年は云いながら、おぼろに白い顔を上げて、月光に包まれた脚下の不忍池を眺めた。

そこには、青年の所謂巨大な鏡に写った、池の景色が、ほの白く、妖《あや》しげに横わっていた。

「これです。この不思議な月光の魔力です。月光は、冷い火の様な、陰気な激情を誘発します。人の心が燐《りん》の様に燃え上るのです。その不可思議な激情が、例えば『月光の曲』を生むのです。詩人ならずとも、月に無常を教えられるのです。『芸術的狂気』という言葉が許されるならば、月は人を『芸術的狂気』に導くものではありますまいか」

青年の話術が、少々ばかり私を辟易《へきえき》させた。

「で、つまり、月光が、その人達を縊死させたとおっしゃるのですか」

「そうです。半ばは月光の罪でした。併し、月の光りが、直《ただち》に人を自殺させる訳はありません。若しそうだとすれば、今、こうして満身に月の光をあびている私達は、もうそろそろ、首を縊らねばならぬ時分ではありますまいか」

鏡に写った様に見える、青白い青年の顔が、ニヤニヤと笑った。私は、怪談を聞いている子供の様な、おびえを感じないではいられなかった。

「その豪傑事務員は、四日目の晩も、魔の部屋で寝たのです。そして、不幸なことには、その晩は月が冴えていたのです。

私は真夜半《まよなか》に、地下室の蒲団《ふとん》の中で、ふと目を覚まし、高い窓からさし込む月の光を見て、何かしらハッとして、思わず起き上りました。そして、寝間着《ねまき》のまま、エレベーターの横の、狭い階段を、夢中で五階まで駈け昇ったのです。真夜半のビルディングが、昼間の賑かさに引きかえて、どんなに淋しく、物凄いものだか、ちょっとご想像もつきますまい。何百という小部屋を持った、大きな墓場です。話に聞く、ローマのカタコンベです。全くの暗闇ではなく、廊下の要所要所には、電燈がついているのですが、そのほの暗い光が一層恐ろしいのです。

やっと五階の、例の部屋にたどりつくと、私は、夢遊病者の様に、廃墟のビルディングを、さまよっている自分自身が怖くなって、狂気の様にドアを叩きました。その事務員の名を呼びました。

だが、中からは何の答えもないのです。私自身の声が、廊下にこだまして、淋しく消えて行く外《ほか》には。

引手を廻すと、ドアは難なく開《あ》きました。室内には、隅の大《おお》テーブルの上に、青い傘《かさ》の卓上電燈が、しょんぼりとついていました。その光で見廻しても、誰もいないのです。ベッドはからっぽなのです。そして、例の窓が、一杯に開かれていたのです。

窓の外には、向う側のビルディングが、五階の半ばから屋根にかけて、逃げ去ろうとする月光の、最後の光をあびて、おぼろ銀に光っていました。こちらの窓の真向うに、そっくり同じ形の窓が、やっぱりあけ放されて、ポッカリと黒い口を開いています。何もかも同じなのです。それが妖しい月光に照らされて、一層そっくりに見えるのです。

僕は恐ろしい予感に顫《ふる》えながら、それを確《たしか》める為に、窓の外へ首をさし出したのですが、直《す》ぐその方を見る勇気がないものだから、先ず遥かの谷底を眺めました。月光は向う側の建物のホンの上部を照らしているばかりで、建物と建物との作るはざまは、真暗に奥底も知れぬ深さに見えるのです。

それから、僕は、云うことを聞かぬ首を、無理に、ジリジリと、右の方へねじむけて行きました。建物の壁は、蔭になっているけれど、向側《むこうがわ》の月あかりが反射して、物の形が見えぬ程ではありません。ジリジリと眼界を転ずるにつれて、果して、予期していたものが、そこに現われて来ました。黒い洋服を着た男の足です。ダラリと垂れた手首です。伸び切った上半身です。深くくびれた頸です。二つに折れた様に、ガックリと垂れた頭です。豪傑事務員は、やっぱり月光の妖術にかかって、そこの電線の横木に首を吊っていたのでした。

僕は大急ぎで、窓から首を引《ひっ》こめました。僕自身妖術にかかっては大変だと思ったのかも知れません。ところが、その時です。首を引こめようとして、ヒョイと向側を見ると、そこの、同じ様にあけはなされた窓から、真黒な四角な穴から、人間の顔が覗いていたではありませんか。その顔丈《だ》けが月光を受けて、クッキリと浮上っていたのです。月の光の中でさえ、黄色く見える、しぼんだ様な、寧《むし》ろ畸《き》形《けい》な、いやないやな顔でした。そいつが、じっとこちらを見ていたではありませんか。

僕はギョッとして、一瞬間、立ちすくんでしまいました。余り意外だったからです。なぜといって、まだお話《はなし》しなかったかも知れませんが、その向側のビルディングは、所有者と担保《たんぽ》に取った銀行との間に、もつれた裁判事件が起っていて、其当時は、全く空家になっていたからです。人っ子一人住んでいなかったからです。

真夜半の空家に人がいる。しかも、問題の首吊りの窓の真正面の窓から、黄色い、物《もの》の怪《け》の様な顔を覗かせている。ただ事ではありません。若しかしたら、僕は幻《まぼろし》を見ているのではないかしら。そして、あの黄色い奴の妖術で、今にも首が吊り度《た》くなるのではないかしら。

ゾーッと、背中に水をあびた様な恐怖を感じながらも、僕は向側の黄色い奴から目を離しませんでした。よく見ると、そいつは痩《や》せ細った、小柄の、五十位《ぐらい》の爺《じい》さんなのです。爺さんは、じっと僕の方を見ていましたが、やがて、さも意味ありげに、ニヤリと大きく笑ったかと思うと、ふっと窓の闇の中へ見えなくなってしまいました。その笑い顔のいやらしかったこと。まるで相好《そうごう》が変って、顔中が皺《しわ》くちゃになって、口丈けが、裂ける程、左右に、キューッと伸びたのです」

四

「翌日、同僚や、別のオフィスの小使爺さんなどに尋ねて見ましたが、あの向側のビルディングが空家で、夜は番人さえいないことが明かになりました。やっぱり僕は幻を見たのでしょうか。

三度も続いた、全《まった》く理由のない、奇怪千万な自殺事件については、警察でも、一応は取調べましたけれど、自殺ということは、一点の疑いもないのですから、ついそのままになってしまいました。併し僕は理外の理を信じる気にはなれません。あの部屋で寝るものが、揃いも揃って、気違いになったという様な荒唐無稽《こうとうむけい》な解釈では満足が出来ません。あの黄色い奴が曲物《くせもの》だ。あいつが三人の者を殺したのだ。丁度《ちょうど》首吊りのあった晩、同じ真向うの窓から、あいつが覗いていた。そして、意味ありげにニヤニヤ笑っていた。そこに何かしら恐ろしい秘密が伏在《ふくざい》しているのだ。僕はそう思い込んでしまったのです。

ところが、それから一週間程たって、僕は驚くべき発見をしました。

ある日の事、使いに出た帰りがけ、例の空きビルディングの表側の大通りを歩いていますと、そのビルディングのすぐ隣に、三菱何号館とか云う、古風な煉瓦《れんが》作りの、小型の、長屋風の貸事務所が並んでいるのですが、そのとある一軒の石段をピョイピョイと飛ぶ様に昇って行く、一人の紳士が、僕の注意を惹《ひ》いたのです。

それはモーニングを着た、小柄の、少々猫背《ねこぜ》の、老紳士でしたが、横顔にどこか見覚えがある様な気がしたので、立止って、じっと見ていますと、紳士は事務所の入口で、靴を拭きながら、ヒョイと、僕の方を振り向いたのです。僕はハッとばかり、息が止まる様な驚きを感じました。なぜって、その立派な老紳士が、いつかの晩、空ビルディングの窓から覗いていた、黄色い顔の怪物と、そっくりそのままだったからです。

紳士が事務所の中へ消えてしまってから、そこの金看板《きんかんばん》を見ると、目羅《めら》眼科、医学博士《はかせ》目羅聊齋《りょうさい》と記《しる》してありました。僕はその辺にいた車夫を捉《とら》えて、今入って行ったのが目羅博士その人であることを確めました。

医学博士ともあろう人が、真夜中、空ビルディングに入り込んで、しかも首吊り男を見て、ニヤニヤ笑っていたという、この不可思議な事実を、どう解釈したらよいのでしょう。僕は烈《はげ》しい好奇心を起さないではいられませんでした。それからというもの、僕はそれとなく、出来る丈け多くの人から、目羅聊齋の経歴なり、日常生活なりを聞き出そうと力《つと》めました。

目羅氏は古い博士の癖に、余り世にも知られず、お金儲けも上手でなかったと見え、老年になっても、そんな貸事務所などで開業していた位ですが、非常な変り者で、患者の取扱いなども、いやに不愛想で、時としては気違いめいて見えることさえあるということでした。奥さんも子供もなく、ずっと独身を通して、今も、その事務所を住いに兼用して、そこに寝泊りしているということも分りました。又、彼は非常な読書家で、専門以外の、古めかしい哲学書だとか、心理学や犯罪学などの書物を、沢山《たくさん》持っているという噂も聞き込みました。

『あすこの診察室の奥の部屋にはね、ガラス箱の中に、ありとあらゆる形の義眼が、ズラリと並べてあって、その何百というガラスの目玉が、じっとこちらを睨《にら》んでいるのだよ。義眼もあれ丈け並ぶと、実に気味の悪いものだね。それから、眼科にあんなものがどうして必要なのか、骸骨《がいこつ》だとか、等身大の蠟《ろう》人形などが、二つも三つも、ニョキニョキと立っているのだよ』

僕のビルディングのある商人が、目羅氏の診察を受けた時の奇妙な経験を聞かせてくれました。

僕はそれから、暇さえあれば、博士の動静に注意を怠《おこた》りませんでした。一方、空ビルディングの、例の五階の窓も、時々こちらから覗いて見ましたが、別段変ったこともありません。黄色い顔は一度も現われなかったのです。

どうしても目羅博士が怪しい。あの晩向側の窓から覗いていた黄色い顔は、博士に違いない。だが、どう怪しいのだ。若しあの三度の首吊りが自殺でなくて、目羅博士の企らんだ殺人事件であったと仮定しても、では、なぜ、如何《いか》なる手段によって、と考えて見ると、パッタリ行詰まってしまうのです。それでいて、やっぱり目羅博士が、あの事件の加害者の様に思われて仕方がないのです。

毎日毎日僕はそのことばかり考えていました。ある時は、博士の事務所の裏の煉瓦塀によじ昇って、窓越しに、博士の私室を覗いたこともあります。その私室に、例の骸骨だとか、蠟人形だとか、義眼のガラス箱などが置いてあったのです。

でもどうしても分りません。峡谷を隔てた、向側のビルディングから、どうしてこちらの部屋の人間を、自由にすることが出来るのか、分り様がないのです。催眠術？　イヤ、それは駄目です。死という様な重大な暗示は、全く無効だと聞いています。

ところが、最後の首吊りがあってから、半年程たって、やっと僕の疑いを確める機会がやって来ました。例の魔の部屋に借り手がついたのです。借り手は大阪《おおさか》から来た人で、怪しい噂を少しも知りませんでしたし、ビルディングの事務所にしては、少しでも室料の稼《かせ》ぎになることですから、何も云わないで、貸してしまったのです。まさか、半年もたった今頃、また同じことが繰返されようとは、考えもしなかったのでしょう。

併し、少《すく》なくも僕丈けは、この借手も、きっと首を吊るに違いないと信じきっていました。そして、どうかして、僕の力で、それを未然に防ぎたいと思ったのです。

その日から、仕事はそっちのけにして、目羅博士の動静ばかりうかがっていました。そして、僕はとうとう、それを嗅《か》ぎつけたのです。博士の秘密を探り出したのです」

五

「大阪の人が引越して来てから、三日目の夕方のこと、博士の事務所を見張っていた僕は、彼が何か人目を忍ぶ様にして、往診の鞄《かばん》も持たず、徒歩で外出するのを見逃がしませんでした。無論《むろん》尾行したのです。すると、博士は意外にも、近くの大ビルディングの中にある、有名な洋服店に入って、沢山の既製品の中から、一着の背広服を選んで買求め、そのまま事務所へ引返しました。

いくらはやらぬ医者だからといって、博士自身がレディメードを着る筈《はず》はありません。といって、書生に着せる服なれば、何も主人の博士が、人目を忍んで買いに行くことはないのです。こいつは変だぞ。一体あの洋服を何に使うのだろう。僕は博士の消えた事務所の入口を、うらめしそうに見守りながら、暫く佇《たたず》んでいましたが、ふと気がついたのは、さっきお話した、裏の塀に昇って、博士の私室を隙見《すきみ》することです。ひょっとしたら、あの部屋で、何かしているのが見られるかも知れない。と思うと、僕はもう、事務所の裏側へ駈け出していました。

塀にのぼって、そっと覗いて見ると、やっぱり博士はその部屋にいたのです。しかも、実に異様な事をやっているのが、ありありと見えたのです。黄色い顔のお医者さんが、そこで、何をしていたと思います。蠟人形にね、ホラさっきお話した等身大の蠟人形ですよ。あれに、今買って来た洋服を着せていたのです。それを何百というガラスの目玉が、じっと見つめていたのです。

探偵小説家のあなたには、ここまで云えば、何もかもお分りになったことでしょうね。僕もその時、ハッと気がついたのです。そして、その老医学者の余りにも奇怪な着想に、驚嘆してしまったのです。

蠟人形に着せられた既製洋服は、なんと、あなた、色合から縞柄《しまがら》まで、例の魔の部屋の新しい借手の洋服と、寸分違わなかったではありませんか。博士はそれを、沢山の既製品の中から探し出して、買って来たのです。

もうぐずぐずしてはいられません。丁度月夜の時分でしたから、今夜にも、あの恐ろしい椿事《ちんじ》が起るかも知れません。何とかしなければ、何とかしなければ。僕は地だんだを踏む様にして、頭の中を探し廻りました。そして、ハッと、我ながら驚く程の、すばらしい手段を思いついたのです。あなたもきっと、それをお話ししたら、手を打って感心して下さるでしょうと思います。

僕はすっかり準備をととのえて夜になるのを待ち、大きな風呂敷《ふろしき》包みを抱えて、魔の部屋へと上って行きました。新来の借手は、夕方には自宅へ帰ってしまうので、ドアに鍵がかかっていましたが、用意の合鍵でそれを開けて、部屋に入り、机によって、夜の仕事に取りかかる風を装いました。例の青い傘の卓上電燈が、その部屋の借手になりすました私の姿を照らしています。服は、その人のものとよく似た縞柄のを、同僚の一人が持っていましたので、僕はそれを借りて着込んでいたのです。髪の分け方なども、その人に見える様に注意したことは云うまでもありません。そして、例の窓に背中を向けてじっとしていました。

云うまでもなく、それは、向うの窓の黄色い顔の奴に、僕がそこにいることを知らせる為ですが、僕の方からは、決してうしろを振向かぬ様にして、相手に存分《ぞんぶん》隙を与える工風《くふう》をしました。

三時間もそうしていたでしょうか。果して僕の想像が的中するかしら。そして、こちらの計画がうまく奏効《そうこう》するだろうか。実に待遠《まちどお》しい、ドキドキする三時間でした。もう振向こうか、もう振向こうかと、辛抱《しんぼう》がし切れなくなって、幾度《いくど》頸を廻しかけたか知れません。が、とうとうその時機が来たのです。

腕時計が十時十分を指していました。ホウ、ホウと二声、梟《ふくろう》の鳴声が聞えたのです。ハハア、これが合図だな、梟の鳴声で、窓の外を覗かせる工《く》夫《ふう》だな。丸の内の真中で梟の声がすれば、誰しもちょっと覗いて見たくなるだろうからな。と悟ると、僕はもう躊躇《ちゅうちょ》せず、椅子《いす》を立って、窓際へ近寄りガラス戸を開きました。

向側の建物は、一杯に月の光をあびて、銀鼠色《ぎんねずいろ》に輝いていました。前にお話しした通り、それがこちらの建物と、そっくりそのままの構造なのです。何という変な気持でしょう。こうしてお話ししたのでは、とても、あの気違いめいた気持は分りません。突然、眼界一杯の、べら棒に大きな、鏡の壁が出来た感じです。その鏡に、こちらの建物が、そのまま写っている感じです。構造の相似の上に、月光の妖術が加わって、そんな風に見せるのです。

僕の立っている窓は、真正面に見えています。ガラス戸の開《あい》ているのも同じです。それから、僕自身は……オヤ、この鏡は変だぞ。僕の姿丈け、のけものにして、写してくれないのかしら。……ふとそんな気持になるのです。ならないではいられぬのです。そこに身の毛もよだつ陥穽《かんせい》があるのです。

ハテナ、俺はどこに行ったのかしら。確かにこうして、窓際に立っている筈だが。キョロキョロと向うの窓を探します。探さないではいられぬのです。

すると、僕は、ハッと、僕自身の影を発見します。併し、窓の中ではありません。外の壁の上にです。電線用の横木から、細引でぶら下った自分自身をです。

『アア、そうだったか。俺はあすこにいたのだった』

こんな風に話すと、滑稽《こっけい》に聞えるかも知れませんね。あの気持は口では云えません。悪夢です。そうです。悪夢の中で、そうする積《つも》りはないのに、ついそうなってしまう、あの気持です。鏡を見ていて、自分は目を開《あ》いているのに、鏡の中の自分が、目をとじていたとしたら、どうでしょう。自分も同じ様に目をとじないではいられなくなるのではありませんか。で、つまり鏡の影と一致させる為に、僕は首を吊らずにはいられなくなるのです。向側では自分自身が首を吊っている。それに、本当の自分が、安閑《あんかん》と立ってなぞいられないのです。

首吊りの姿が、少しも怖《おそろ》しくも醜《みにく》くも見えないのです。ただ美しいのです。絵なのです。自分もその美しい絵になり度い衝動を感じるのです。

若し月光の妖術の助けがなかったら、目羅博士の、この幻怪なトリックは、全く無力であったかも知れません。

無論お分りのことと思いますが、博士のトリックというのは、例の蠟人形に、こちらの部屋の住人と同じ洋服を着せて、こちらの電線横木と同じ場所に木切れをとりつけ、そこへ細引でブランコをさせて見せるという、簡単な事柄に過ぎなかったのです。

全く同じ構造の建物と、妖しい月光とが、それにすばらしい効果を与えたのです。

このトリックの恐ろしさは、予《あらかじ》めそれを知っていた僕でさえ、うっかり窓枠へ片足をかけて、ハッと気がついた程でした。

僕は麻酔から醒める時と同じ、あの恐ろしい苦悶と戦いながら、用意の風呂敷包みを開いて、じっと向うの窓を見つめてました。

何と待遠しい数秒間——だが、僕の予想は的中しました。僕の様子を見る為《た》めに、向うの窓から、例の黄色い顔が、即《すなわ》ち目羅博士が、ヒョイと覗いたのです。

待ち構えていた僕です。その一刹那《せつな》を捉えないでどうするものですか。

風呂敷の中の物体を、両手で抱き上げて、窓枠の上へ、チョコンと腰かけさせました。

それが何であったか、ご存じですか。やっぱり蠟人形なのですよ。僕は、例の洋服屋からマネキン人形を借り出して来たのです。

それに、モーニングを着せて置いたのです。目羅博士が常用しているのと、同じ様な奴をね。

その時月光は谷底近くまでさし込んでいましたので、その反射で、こちらの窓も、ほの白く、物の姿はハッキリ見えたのです。

僕は果し合いの様な気持で、向うの窓の怪物を見つめていました。畜生《ちくしょう》、これでもか、これでもかと、心の中でりきみながら。

するとどうでしょう。人間はやっぱり、猿と同じ宿命を、神様から授かっていたのです。

目羅博士は、彼自身が考え出したトリックと、同じ手にかかってしまったのです。小柄の老人は、みじめにも、ヨチヨチと窓枠をまたいで、こちらのマネキンと同じ様に、そこへ腰かけたではありませんか。

僕は人形使いでした。

マネキンのうしろに立って、手を上げれば、向うの博士も手を上げました。

足を振れば、博士も振りました。

そして、次に、僕が何をしたと思います。ハハハ……、人殺しをしたのですよ。窓枠に腰かけているマネキンを、うしろから、力一杯つきとばしたのです。人形はカランと音を立てて、窓の外へ消えました。と殆ど同時に、向側の窓からも、こちらの影の様に、モーニング姿の老人が、スーッと風を切って、遥かの遥かの谷底へと、墜落して行ったのです。

そして、クシャッという、物をつぶす様な音が、幽《かす》かに聞えて来ました。

……目羅博士は死んだのです。

僕は、嘗《か》っての夜、黄色い顔が笑った様な、あの醜い笑いを笑いながら、右手に握っていた紐《ひも》を、たぐりよせました。スルスルと、紐について、借り物のマネキン人形が、窓枠を越して、部屋の中へ帰って来ました。

それを下へ落してしまって、殺人の嫌疑をかけられては大変ですからね」

語り終って、青年は、その黄色い顔の博士の様に、ゾッとする微笑を浮べて、私をジロジロと眺めた。

「目羅博士の殺人の動機ですか。それは探偵小説家のあなたには、申し上げるまでもないことです。何の動機がなくても、人は殺人の為に殺人を犯すものだということを、知り抜いていらっしゃるあなたにはね」

青年はそう云いながら、立上って、私の引留める声も聞えぬ顔に、サッサと向うへ歩いて行ってしまった。

私は、もやの中へ消えて行く、彼のうしろ姿を見送りながら、さんさんと降りそそぐ月光をあびて、ボンヤリと捨石《すていし》に腰かけたまま動かなかった。

青年と出会ったことも、彼の物語も、はては青年その人さえも、彼の所謂「月光の妖術」が生み出した、あやしき幻ではなかったのかと、あやしみながら。

押絵と旅する男

　この話が私の夢か私の一時的狂気の幻《まぼろし》でなかったならば、あの押絵《おしえ》と旅をしていた男こそ狂人であったに相違《そうい》ない。だが、夢が時として、どこかこの世界と喰違《くいちが》った別の世界を、チラリと覗《のぞ》かせてくれる様《よう》に、又《また》狂人が、我々の全《まった》く感じ得ぬ物事を見たり聞いたりすると同じに、これは私が、不可思議な大気のレンズ仕掛けを通して、一刹那《いっせつな》、この世の視野の外にある、別の世界の一隅《いちぐう》を、ふと隙見《すきみ》したのであったかも知れない。

　いつとも知れぬ、ある暖かい薄曇った日のことである。その時、私は態々《わざわざ》魚津へ蜃気楼《しんきろう》を見に出掛けた帰り途《みち》であった。私がこの話をすると、時々、お前は魚津なんかへ行ったことはないじゃないかと、親しい友達に突っ込まれることがある。そう云《い》われて見ると、私は何時《いつ》の何日に魚津へ行ったのだと、ハッキリ証拠を示すことが出来ぬ。それではやっぱり夢であったのか。だが私は嘗《かつ》て、あのように濃厚な色彩を持った夢を見たことがない。夢の中の景色《けしき》は、映画と同じに、全く色彩を伴わぬものであるのに、あの折《おり》の汽車の中の景色丈《だ》けは、それもあの毒々しい押絵の画面が中心になって、紫と臙脂《えんじ》の勝《か》った色彩で、まるで蛇《へび》の眼の瞳孔《どうこう》の様に、生々しく私の記憶に焼《や》きついている。着色映画の夢というものがあるのであろうか。

私はその時、生れて初めて蜃気楼というものを見た。蛤《はまぐり》の息の中に美しい龍宮城《りゅうぐうじょう》の浮んでいる、あの古風な絵を想像していた私は、本物の蜃気楼を見て、膏汗《あぶらあせ》のにじむ様な、恐怖に近い驚きに撃たれた。

魚津の浜の松並木に豆粒の様な人間がウジャウジャと集まって、息を殺して、眼界一杯の大空と海面とを眺めていた。私はあんな静かな、啞の様にだまっている海を見たことがない。日本海は荒海と思い込んでいた私には、それもひどく意外であった。その海は、灰色で、全く小波《さざなみ》一つなく、無限の彼方《かなた》にまで打続く沼かと思われた。そして、太平洋の海の様に、水平線はなくて、海と空とは、同じ灰色に溶け合い、厚さの知れぬ靄《もや》に覆いつくされた感じであった。空だとばかり思っていた、上部の靄の中を、案外にもそこが海面であって、フワフワと幽霊の様な、大きな白帆《しらほ》が滑って行ったりした。

蜃気楼とは、乳色《ちちいろ》のフィルムの表面に墨汁《ぼくじゅう》をたらして、それが自然にジワジワとにじんで行くのを、途方《とほう》もなく巨大な映画にして、大空に映し出した様なものであった。

遥《はる》かな能登《のと》半島の森林が、喰違《くいちが》った大気の変形レンズを通して、すぐ目の前の大空に、焦点のよく合わぬ顕微鏡《けんびきょう》の下の黒い虫みたいに、曖昧《あいまい》に、しかも馬鹿馬鹿しく拡大されて、見る者の頭上におしかぶさって来るのであった。それは、妙な形の黒雲と似ていたけれど、黒雲なればその所在がハッキリ分っているに反し、蜃気楼は、不思議にも、それと見る者との距離が非常に曖昧なのだ。遠くの海上に漂う大入道《おおにゅうどう》の様でもあり、ともすれば、眼前一尺に迫る異形《いぎょう》の靄かと見え、はては、見る者の角膜《かくまく》の表面に、ポッツリと浮んだ、一点の曇りの様にさえ感じられた。この距離の曖昧さが、蜃気楼に、想像以上の不気味な気違いめいた感じを与えるのだ。

曖昧な形の、真黒な巨大な三角形が、塔の様に積重なって行ったり、またたく間にくずれたり、横に延びて長い汽車の様に走ったり、それが幾つかにくずれ、立並《たちなら》ぶ檜《ひのき》の梢《こずえ》と見えたり、じっと動かぬ様でいながら、いつとはなく、全く違った形に化けて行った。

蜃気楼の魔力が、人間を気違いにするものであったなら、恐らく私は、少くとも帰り途の汽車の中までは、その魔力を逃れることが出来なかったのであろう。二時間の余《よ》も立ち尽して、大空の妖異を眺めていた私は、その夕方魚津を立って、汽車の中に一夜を過ごすまで、全く日常と異った気持でいたことは確《たしか》である。若《も》しかしたら、それは通り魔の様に、人間の心をかすめ冒《おか》す所の、一時的狂気の類《たぐい》ででもあったであろうか。

魚津の駅から上野への汽車に乗ったのは、夕方の六時頃であった。不思議な偶然であろうか、あの辺の汽車はいつでもそうなのか、私の乗った二等車は、教会堂の様にガランとしていて、私の外《ほか》にたった一人の先客が、向うの隅《すみ》のクッションに蹲《うずくま》っているばかりであった。

汽車は淋《さび》しい海岸の、けわしい崕《がけ》や砂浜の上を、単調な機械の音を響かせて、際《はて》しもなく走っている。沼の様な海上の、靄の奥深く、黒血《くろち》の色の夕焼が、ボンヤリと感じられた。異様に大きく見える白帆が、その中を、夢の様に滑っていた。少しも風のない、むしむしする日であったから、所々開かれた汽車の窓から、進行につれて忍び込むそよ風も、幽霊《ゆうれい》の様に尻切れとんぼであった。沢山《たくさん》の短いトンネルと雪除《よ》けの柱の列が、広漠《こうばく》たる灰色の空と海とを、縞目《しまめ》に区切って通り過ぎた。

親不知の断崖を通過する頃、車内の電燈と空の明るさとが同じに感じられた程、夕闇が迫って来た。丁度その時分向うの隅のたった一人の同乗者が、突然立上って、クッションの上に大きな黒繻子《くろじゅす》の風呂敷《ふろしき》を広げ、窓に立てかけてあった、二尺に三尺程の、扁平《へんぺい》な荷物を、その中へ包み始めた。それが私に何とやら奇妙な感じを与えたのである。

その扁平なものは、多分額《がく》に相違ないのだが、それの表側の方を、何か特別の意味でもあるらしく、窓ガラスに向けて立てかけてあった。一度風呂敷に包んであったものを、態々《わざわざ》取出して、そんな風に外に向けて立てかけたものとしか考えられなかった。それに、彼が再び包む時にチラと見た所によると、額の表面に描かれた極彩色の絵が、妙に生々しく、何となく世の常《つね》ならず見えたことであった。

私は更《あらた》めて、この変《へん》てこな荷物の持主を観察した。そして、持主その人が、荷物の異様さにもまして、一段と異様であったことに驚かされた。

彼は非常に古風な、我々の父親の若い時分の色あせた写真でしか見ることの出来ない様な、襟《えり》の狭い、肩のすぼけた、黒の背広服を着ていたが、併《しか》しそれが、背が高くて、足の長い彼に、妙にシックリと合って、甚《はなは》だ意《い》気《き》にさえ見えたのである。顔は細面《ほそおもて》で、両眼が少しギラギラし過ぎていた外は、一体によく整っていて、スマートな感じであった。そして、綺麗《きれい》に分けた頭髪が、豊に黒々と光っているので、一見四十前後であったが、よく注意して見ると、顔中に夥《おびただ》しい皺《しわ》があって、一飛びに六十位にも見えぬことはなかった。この黒々とした頭髪と、色白の顔面を縦横にきざんだ皺との対照が、初めてそれに気附いた時、私をハッとさせた程も、非常に不気味な感じを与えた。

彼は叮嚀《ていねい》に荷物を包み終ると、ひょいと私の方に顔を向けたが、丁度私の方でも熱心に相手の動作を眺めていた時であったから、二人の視線がガッチリとぶっつかってしまった。すると、彼は何か恥かし相《そう》に唇《くちびる》の隅を曲げて、幽《かす》かに笑って見せるのであった。私も思わず首を動かして挨拶《あいさつ》を返した。

それから、小駅を二三通過する間、私達はお互《たがい》の隅に坐ったまま、遠くから、時々視線をまじえては、気まずく外方《そっぽ》を向くことを、繰返していた。外は全く暗闇になっていた。窓ガラスに顔を押しつけて覗いて見ても、時たま沖の漁船の舷燈《げんとう》が遠く遠くポッツリと浮んでいる外には、全く何の光りもなかった。際涯《はてし》のない暗闇の中に、私達の細長い車室丈《だ》けが、たった一つの世界の様に、いつまでもいつまでも、ガタンガタンと動いて行った。

そのほの暗い車室の中に、私達二人丈けを取り残して、全世界が、あらゆる生き物が、跡方《あとかた》もなく消え失《う》せてしまった感じであった。

私達の二等車には、どの駅からも一人の乗客もなかったし、列車ボーイや車掌も一度も姿を見せなかった。そういう事も今になって考えて見ると、甚だ奇怪に感じられるのである。

私は、四十歳にも六十歳にも見える、西洋の魔術師の様な風采《ふうさい》のその男が、段々怖くなって来た。怖さというものは、外《ほか》にまぎれる事柄のない場合には、無限に大きく、身体《からだ》中一杯に拡がって行くものである。私は遂《つい》には、産毛《うぶげ》の先までも怖さが満ちて、たまらなくなって、突然立上ると、向うの隅のその男の方へツカツカと歩いて行った。その男がいとわしく、恐ろしければこそ、私はその男に近づいて行ったのであった。

私は彼と向き合ったクッションへ、そっと腰をおろし、近寄れば一層異様に見える彼の皺だらけの白い顔を、私自身が妖怪ででもある様な、一種不可思議な、顚倒《てんとう》した気持で、目を細く息を殺してじっと覗き込んだものである。

男は、私が自分の席を立った時から、ずっと目で私を迎える様にしていたが、そうして私が彼の顔を覗き込むと、待ち受けていた様に、顎《あご》で傍《かたわ》らの例の扁平な荷物を指し示し、何の前置きもなく、さもそれが当然の挨拶ででもある様に、

「これでございますか」

と云った。その口調が、余り当り前であったので、私は却《かえっ》て、ギョッとした程であった。

「これが御覧になりたいのでございましょう」

私が黙っているので、彼はもう一度同じことを繰返した。

「見せて下さいますか」

私は相手の調子に引込まれて、つい変なことを云ってしまった。私は決してその荷物を見たい為《ため》に席を立った訳《わけ》ではなかったのだけれど。

「喜んで御見せ致しますよ。わたくしは、さっきから考えていたのでござ

いますよ。あなたはきっとこれを見にお出《い》でなさるだろうとね」

男は――寧《むし》ろ老人と云った方がふさわしいのだが――そう云いながら、長い指で、器用に大風呂敷をほどいて、その額みたいなものを、今度は表を向けて、窓の所へ立てかけたのである。

私は一目チラッと、その表面を見ると、思わず目をとじた。何故《なぜ》であったか、その理由は今でも分らないのだが、何となくそうしなければならぬ感じがして、数秒の間目をふさいでいた。再び目を開《あ》いた時、私の前に、嘗て見たことのない様な、奇妙なものがあった。と云って、私はその「奇妙」な点をハッキリと説明する言葉を持たぬのだが。

額には歌舞伎《かぶき》芝居の御殿の背景みたいに、幾《いく》つもの部屋を打抜いて、極度の遠近法で、青畳《あおだたみ》と格子天井《こうしてんじょう》が遥か向うの方まで続いている様な光景が、藍《あい》を主とした泥絵具《どろえのぐ》で毒々しく塗りつけてあった。左手の前方には、墨黒々と不細工《ぶさいく》な書院風の窓が描かれ、同じ色の文机《ふづくえ》が、その傍《そば》に角度を無視した描き方で、据えてあった。それらの背景は、あの絵馬札《えまふだ》の絵の独特な画風に似ていたと云えば、一番よく分るであろうか。

その背景の中に、一尺位の丈《たけ》の二人の人物が浮き出していた。浮き出していたと云うのは、その人物丈けが、押絵細工で出来ていたからである。黒天鵞絨《くろびろうど》の古風な洋服を着た白髪《しらが》の老人が、窮屈《きゅうくつ》そうに坐っていると、(不思議なことには、その容貌が、髪の色を除くと、額の持主の老人にそのままなばかりか、着ている洋服の仕立方までそっくりであった) 緋鹿《ひか》の子《こ》の振袖《ふりそで》に、黒繻子の帯の映りのよい十七八の、水のたれる様な結綿《ゆいわた》の美少女が、何とも云えぬ嬌羞《きょうしゅう》を含んで、その老人の洋服の膝《ひざ》にしなだれかかっている、謂《い》わば芝居の濡れ場に類する画面であった。

洋服の老人と色娘の対照と、甚だ異様であったことは云うまでもないが、だが私が「奇妙」に感じたというのはそのことではない。

背景の粗雑に引かえて、押絵の細工の精巧なことは驚くばかりであった。顔の部分は、白絹は凹凸《おうとつ》を作って、細い皺まで一つ一つ現わしてあったし、娘の髪は、本当の毛髪を一本一本植えつけて、人間の髪を結う様に結ってあり、老人の頭は、これも多分本物の白髪を、丹念に植えたものに相違なかった。洋服には正しい縫い目があり、適当な場所に粟粒《あわつぶ》程の釦《ぼたん》までつけてあるし、娘の乳のふくらみと云い、腿のあたりの艶《なま》めいた曲線と云い、こぼれた緋《ひ》縮緬《ぢりめん》、チラと見える肌の色、指には貝殻《かいがら》の様な爪が生えていた。虫眼鏡《むしめがね》で覗いて見たら、毛穴や産毛まで、ちゃんと拵《こしら》えてあるのではないかと思われた程である。

私は押絵と云えば、羽子板《はごいた》の役者の似顔の細工しか見たことがなかったが、そして、羽子板の細工にも、随分《ずいぶん》精巧なものもあるのだけれど、この押絵は、そんなものとは、まるで比較にもならぬ程、巧緻《こうち》を極めていたのである。恐らくその道の名人の手に成ったものであろうか。だが、それが私の所謂《いわゆる》「奇妙」な点ではなかった。

額全体が余程《よほど》古いものらしく、背景の泥絵具は所々はげ落《おち》ていたし、娘の緋鹿の子も、老人の天鵞絨も、見る影もなく色あせていたけれど、はげ落ち色あせたなりに、名状《めいじょう》し難《がた》き毒々しさを保ち、ギラギラと、見る者の眼底に焼《やき》つく様な生気を持っていたことも、不思議と云えば不思議であった。だが、私の「奇妙」という意味はそれでもない。

それは、若し強《しい》て云うならば、押絵の人物が二つとも、生きていたことである。

文楽《ぶんらく》の人形芝居で、一日の演技の内に、たった一度か二度、それもほんの一瞬間、名人の使っている人形が、ふと神の息吹《いぶき》をかけられでもした様に、本当に生きていることがあるものだが、この押絵の人物は、その生きた瞬間の人形を、命の逃げ出す隙《すき》を与えず、咄嗟《とっさ》の間に、そのまま板にはりつけたという感じで、永遠に生きながらえているかと見えたのである。

私の表情に驚きの色を見て取ったからか、老人は、いとたのもしげな口調で、殆《ほとん》ど叫ぶ様に、

「アア、あなたは分って下さるかも知れません」

と云いながら、肩から下げていた、黒革《くろかわ》のケースを、叮嚀に鍵《かぎ》で開いて、その中から、いとも古風な双眼鏡を取り出してそれを私の方へ差出すので

あった。

「コレ、この遠眼鏡《とおめがね》で一度御覧下さいませ。イエ、そこからでは近すぎます。失礼ですが、もう少しあちらの方から。左様《さよう》丁度その辺がようございましょう」

誠に異様な頼みではあったけれど、私は限りなき好奇心のとりことなって、老人の云うがままに、席を立って額から五六歩遠ざかった。老人は私の見易い様に、両手で額を持って、電燈にかざしてくれた。今から思うと、実に変てこな、気違いめいた光景であったに相違ないのである。

遠眼鏡と云うのは、恐らく二三十年も以前の舶来品であろうか、私達が子供の時分、よく眼鏡屋の看板で見かけた様な、異様な形のプリズム双眼鏡であったが、それが手摺《てず》れの為に、黒い覆皮《おおいがわ》がはげて、所々真鍮《しんちゅう》の生地《きじ》が現われているという、持主の洋服と同様に、如何《いか》にも古風な、物懐《ものなつ》かしい品物であった。

私は珍らしさに、暫《しばら》くその双眼鏡をひねくり廻《まわ》していたが、やがて、それを覗く為に、両手で眼の前に持って行った時である。突然、実に突然、老人が悲鳴に近い叫声《さけびごえ》を立てたので、私は、危《あやう》く眼鏡を取落す所であった。

「いけません。いけません。それはさかさですよ。さかさに覗いてはいけません。いけません」

老人は、真青《まつさお》になって、目をまんまるに見開いて、しきりと手を振っていた。双眼鏡を逆に覗くことが、何《な》ぜそれ程大変なのか、私は老人の異様な挙動を理解することが出来なかった。

「成程《なるほど》、成程、さかさでしたっけ」

私は双眼鏡を覗くことに気を取られていたので、この老人の不審な表情を、さして気にもとめず、眼鏡を正しい方向に持ち直すと、急いでそれを目に当てて押絵の人物を覗いたのである。

焦点が合って行くに従って、二つの円形の視野が、徐々に一つに重なり、ボンヤリとした虹の様なものが、段々ハッキリして来ると、びっくりする程大きな娘の胸から上が、それが全世界ででもある様に、私の眼界一杯に拡がった。

あんな風な物の現われ方を、私はあとにも先にも見たことがないので、読む人に分らせるのが難儀なのだが、それに近い感じを思い出して見ると、例えば、舟の上から、海にもぐった蜑《あま》の、ある瞬間の姿に似ていたとでも形容すべきであろうか。蜑の裸身《はだかみ》が、底の方にある時は、青い水の層の複雑な動揺の為に、その身体が、まるで海草の様に、不自然にクネクネと曲り、輪廓《りんかく》もぼやけて、白っぽいお化《ばけ》みたいに見えているが、それが、つうッと浮上って来るに従って、水の層の青さが段々薄くなり、形がハッキリして来て、ポッカリと水上に首を出すと、その瞬間、ハッと目が覚めた様に、水中の白いお化が、忽《たちま》ち人間の正体を現わすのである。丁度それと同じ感じで、押絵の娘は、双眼鏡の中で、私の前に姿を現わし、実物大の、一人の生きた娘として、蠢《うごめ》き始めたのである。

十九世紀の古風なプリズム双眼鏡の玉の向う側には、全く私達の思いも及ばぬ別世界があって、そこに結綿《ゆいわた》の色娘《いろむすめ》と、古風な洋服の白髪男とが、奇怪な生活を営んでいる。覗いては悪いものを、私は今魔法使に覗かされているのだ。といった様な形容の出来ない変てこな気持で、併し私は憑《つ》かれた様にその不可思議な世界に見入ってしまった。

娘は動いていた訳ではないが、その全身の感じが、肉眼で見た時とは、ガラリと変って、生気に満ち、青白い顔がやや桃色に上気し、胸は脈打ち（実際私は心臓の鼓動《こどう》をさえ聞いた）肉体からは縮緬の衣裳を通して、むしむしと、若い女の生気が蒸発して居る様に思われた。

私は一渡り、女の全身を、双眼鏡の先で、嘗《な》め廻してから、その娘がしなだれ掛っている、仕合《しあわ》せな白髪男の方へ眼鏡を転じた。

老人も、双眼鏡の世界で、生きていたことは同じであったが、見た所四十程も年の違う、若い女の肩に手を廻して、さも幸福そうな形でありながら、妙なことには、レンズ一杯の大きさに写った、彼の皺の多い顔が、その何百本の皺の底で、いぶかしく苦悶《くもん》の相を現わしているのである。それは、老人の顔がレンズの為に眼前一尺の近さに、異様に大きく迫っていたからでもあったであろうが、見つめていれば いる程、ゾッと怖くなる様な、悲痛と恐怖との混り合った一種異様の表情であった。

それを見ると、私はうなされた様な気分になって、双眼鏡を覗いていることが、耐え難く感じられたので、思わず、目を離して、キョロキョロとあたりを見廻した。すると、それはやっぱり淋しい夜の汽車の中であって、押絵の額も、それをささげた老人の姿も、元のままで、窓の外は真暗《まっくら》だし、単調な車輪の響《ひびき》も、変りなく聞えていた。悪夢から醒《さ》めた気持であった。

「あなた様は、不思議相《そう》な顔をしておいでなさいますね」

老人は額を、元の窓の所へ立てかけて、席につくと、私にもその向う側へ坐る様に、手真似をしながら、私の顔を見つめて、こんなことを云った。

「私の頭が、どうかしている様です。いやに蒸《む》しますね」

私はてれ隠しみたいな挨拶をした。すると老人は、猫背《ねこぜ》になって、顔をぐっと私の方へ近寄せ、膝の上で細長い指を合図でもする様に、ヘラヘラと動かしながら、低い低い囁《ささや》き声になって、

「あれらは、生きて居りましたろう」と云った。そして、さも一大事を打開けるといった調子で、一層猫背になって、ギラギラした目をまん丸に見開いて、私の顔を穴のあく程見つめながら、こんなことを囁くのであった。

「あなたは、あれらの、本当の身の上話を聞き度《た》いとはおぼしめしませんかね」

私は汽車の動揺と、車輪の響の為に、老人の低い、呟《つぶや》く様な声を、聞き間違えたのではないかと思った。

「身の上話とおっしゃいましたか」

「身の上話でございますよ」老人はやっぱり低い声で答えた。「殊《こと》に、一方の、白髪の老人の身の上話をでございますよ」

「若い時分からのですか」

私も、その晩は、何故《なぜ》か妙に調子はずれな物の云い方をした。

「ハイ、あれが二十五歳の時のお話でございますよ」

「是非《ぜひ》うかがいたいものですね」

私は、普通の生きた人間の身の上話をでも催促する様に、ごく何でもないことの様に、老人をうながしたのである。すると、老人は顔の皺を、さも嬉しそうにゆがめて、「アア、あなたは、やっぱり聞いて下さいますね」と云いながら、さて、次の様な世にも不思議な物語を始めたのであった。

「それはもう、一生涯の大事件ですから、よく記憶して居りますが、明治二十八年の四月の、兄があんなに（と云って彼は押絵の老人を指さした）なりましたのが、二十七日の夕方のことでござりました。当時、私も兄も、まだ部屋住みで、住居《すまい》は日本橋通《にほんばしとおり》三丁目でして、親爺《おやじ》が呉服商を営んで居りましたがね。何でも浅草の十二階が出来て、間もなくのことでございましたよ。だもんですから、兄なんぞは、毎日の様にあの凌雲閣《りょううんかく》へ昇って喜んでいたものです。と申しますのが、兄は妙に異国物が好きで、新しがり屋でござんしたからね。この遠眼鏡にしろ、やっぱりそれで、兄が外国船の船長の持物だったという奴を、横浜《よこはま》の支那人町の、変てこな道具屋の店先で、めっけて来ましてね。当時にしちゃあ、随分高いお金を払ったと申して居りましたっけ」

老人は「兄が」と云うたびに、まるでそこにその人が坐ってでもいる様に、押絵の老人の方に目をやったり、指さしたりした。老人は彼の記憶にある本当の兄と、その押絵の白髪の老人とを、混同して、押絵が生きて彼の話を聞いてでもいる様な、すぐ側《そば》に第三者を意識した様な話し方をした。だが、不思議なことに、私はそれを少しもおかしいとは感じなかった。私達はその瞬間、自然の法則を超越した、我々の世界とどこかで喰違っている処《ところ》の、別の世界に住んでいたらしいのである。

「あなたは、十二階へ御昇りなすったことがおありですか。アア、おありなさらない。それは残念ですね。あれは一体どこの魔法使が建てましたものか、実に途方もない、変てこれんな代物でございましたよ。表面は伊太利《イタリー》の技師のバルトンと申すものが設計したことになっていましたがね。まあ考えて御覧なさい。その頃の浅草公園と云えば、名物が先ず蜘蛛男《くもおとこ》の見世物、娘剣舞に、玉乗り、源水の独楽廻しに、覗きからくりなどで、せいぜい変った所が、お富士さまの作り物に、メーズと云って、八陣隠れ杉の見世物位でございましたからね。そこへあなた、ニョキニョキと、まあ飛んでもない高い煉瓦造《れんがづく》りの塔が出来ちまったんですから、驚くじゃござんせんか。高さが四十六間と申しますから、半丁の余で、八角型の頂上が、唐人《とうじん》の帽子みたいに、とんがっていて、ちょっと高台へ昇りさえすれば、東京中どこからでも、その赤いお化が見られたものです。

今も申す通り、明治二十八年の春、兄がこの遠眼鏡を手に入れて間もない頃でした。兄の身に妙なことが起って参りました。親爺なんぞ、兄め気でも違うのじゃないかって、ひどく心配して居りましたが、私もね、お察しでしょうが、馬鹿に兄思いでしてね、兄の変てこれんなそぶりが、心配で心配でたまらなかったものです。どんな風かと申しますと、兄はご飯もろくろくたべないで、家内の者とも口を利かず、家《うち》にいる時は一間にとじ籠《こも》って考え事ばかりしている。身体は痩《や》せてしまい、顔は肺病やみの様に土気色《つちけいろ》で、目ばかりギョロギョロさせている。尤《もっと》も平常《ふだん》から顔色のいい方じゃあござんせんでしたがね。それが一倍青ざめて、沈んでいるのですから、本当に気の毒な様でした。その癖《くせ》ね、そんなでいて、毎日欠かさず、まるで勤めにでも出る様に、おひるッから、日暮れ時分まで、フラフラとどっかへ出掛けるんです。どこへ行くのかって、聞いて見ても、ちっとも云いません。母親が心配して、兄のふさいでいる訳を、手を変え品を変え尋ねても、少しも打開《うちあ》けません。そんなことが一月程も続いたのですよ。

あんまり心配だものだから、私はある日、兄が一体どこへ出掛るのかと、ソッとあとをつけました。そうする様に、母親が私に頼むもんですからね。兄はその日も、丁度今日の様などんよりとした、いやな日でござんしたが、おひる過《す》ぎから、その頃兄の工風《くふう》で仕立てさせた、当時としては飛び切りハイカラな、黒天鵞絨の洋服を着ましてね、この遠眼鏡を肩から下げ、ヒョロヒョロと、日本橋通りの、馬車鉄道の方へ歩いて行くのです。私は兄に気どられぬ様に、ついて行った訳ですよ。よござんすか。しますとね、兄は上野《うえの》行きの馬車鉄道を待ち合わせて、ひょいとそれに乗り込んでしまったのです。当今の電車と違って、次の車に乗ってあとをつけるという訳には行きません。何しろ車台が少《すく》のござんすからね。私は仕方がないので母親に貰《もら》ったお小遣いをふんぱつして、人力車に乗りました。人力車だって、少し威勢のいい挽子《ひきこ》なれば馬車鉄道を見失わない様に、あとをつけるなんぞ、訳なかったものでございますよ。

兄が馬車鉄道を降りると、私も人力車を降りて、又テクテクと跡をつける。そうして、行きついた所が、なんと浅草の観音様じゃございませんか。兄は仲店《なかみせ》から、お堂の前を素通りして、お堂裏の見世物小屋の間を、人波をかき分ける様にしてさっき申上げた十二階の前まで来ますと、石の門を這入《はい》って、お金を払って「凌雲閣」という額の上った入口から、塔の中へ姿を消したじゃあございませんか。まさか兄がこんな所へ、毎日毎日通《かよ》っていようとは、夢にも存じませんので、私はあきれてしまいましたよ。子供心にね、私はその時まだ二十《はたち》にもなってませんでしたので、兄はこの十二階の化物に魅入《みい》られたんじゃないかなんて、変なことを考えたものですよ。

私は十二階へは、父親につれられて、一度昇った切りで、その後行ったことがありませんので、何だか気味が悪い様に思いましたが、兄が昇って行くものですから、仕方がないので、私も、一階位おくれて、あの薄暗い石の段々を昇って行きました。窓も大きくございませんし、煉瓦の壁が厚うござんすので、穴蔵の様に冷々と致しましてね。それに日清《にっしん》戦争の当時ですから、その頃は珍らしかった、戦争の油絵が、一方の壁にずっと懸け並べてあります。まるで狼みたいな、おっそろしい顔をして、吠えながら、突貫している日本兵や、剣つき鉄砲に脇腹をえぐられ、ふき出す血のりを両手で押さえて、顔や唇を紫色にしてもがいている支那兵や、ちょんぎられた辮髪《べんぱつ》の頭が、風船玉の様に空高く飛上っている所や、何とも云えない毒々しい、血みどろの油絵が、窓からの薄暗い光線で、テラテラと光っているのでございますよ。その間を、陰気な石の段々が、蝸牛《かたつむり》の殻《から》みたいに、上へ上へと際限もなく続いて居ります。本当に変てこれんな気持ちでしたよ。

頂上は八角形の欄干《らんかん》丈けで、壁のない、見晴らしの廊下になっていましてね、そこへたどりつくと、俄《にわか》にパッと明るくなって、今までの薄暗い道中が長うござんしただけに、びっくりしてしまいます。雲が手の届きそうな低い所にあって、見渡すと、東京中の屋根がごみみたいに、ゴチャゴチャしていて、品川《しながわ》の御台場《おだいば》が、盆石《ぼんせき》の様に見えて居ります。目まいがしそうなのを我慢して、下を覗きますと、観音様《かんのんさま》の御堂だってずっと低い所にありますし、小屋掛けの見世物が、おもちゃの様で、歩いている人間が、頭と足ばかりに見えるのです。

頂上には、十人余りの見物が一かたまりになっておっかな相な顔をして、ボソボソ小声で囁きながら、品川の海の方を眺めて居りましたが、兄はと見ると、それとは離れた場所に、一人ぼっちで、遠眼鏡を目に当てて、しきりと浅草の境内《けいだい》を眺め廻して居りました。それをうしろから見ますと、白っぽくどんよりどんよりとした雲ばかりの中に、兄の天鵞絨の洋服姿が、クッキリと浮上って、下の方のゴチャゴチャしたものが何も見えぬものですから、兄だということは分っていましても、何だか西洋の油絵の中の人物みたいな気持がして、神々《こうごう》しい様で、言葉をかけるのも憚《はばか》られた程でございましたっけ。

でも、母の云いつけを思い出しますと、そうもしていられませんので、私は兄のうしろに近づいて『兄さん何を見ていらっしゃいます』と声をかけたのでございます。兄はビクッとして、振向きましたが、気拙《きまず》い顔をして何も云いません。私は『兄さんの此頃《このごろ》の御様子には、御父さんもお母さんも大変心配していらっしゃいます。毎日毎日どこへ御出掛なさるのかと不思議に思って居りましたら、兄さんはこんな所へ来ていらしったのでございますね。どうかその訳を云って下さいまし。日頃仲よしの私に丈けでも打開けて下さいまし』と、近くに人のいないのを幸いに、その塔の上で、兄をかき口説《くど》いたものですよ。

仲々打開けませんでしたが、私が繰返し繰返し頼むものですから、兄も根負《こんま》けをしたと見えまして、とうとう一ヶ月来の胸の秘密を私に話してくれました。ところが、その兄の煩悶《はんもん》の原因と申すものが、これが又誠に変てこれんな事柄だったのでございますよ。兄が申しますには、一月ばかり前に、十二階へ昇りまして、この遠眼鏡で観音様の境内を眺めて居りました時、人込みの間に、チラッと、一人の娘の顔を見たのだ相でございます。その娘が、それはもう何とも云えない、この世のものとも思えない、美しい人で、日頃女には一向《いっこう》冷淡であった兄も、その遠眼鏡の中の娘丈けには、ゾッと寒気がした程も、すっかり心を乱されてしまったと申しますよ。

その時兄は、一目見た丈けで、びっくりして、遠眼鏡をはずしてしまったものですから、もう一度見ようと思って、同じ見当を夢中になって探した相ですが、眼鏡の先が、どうしてもその娘の顔にぶっつかりません。遠眼鏡では近くに見えても実際は遠方のことですし、沢山の人混みの中ですから、一度見えたからと云って、二度目に探し出せると極《き》まったものではございませんからね。

それからと申すもの、兄はこの眼鏡の中の美しい娘が忘れられず、極々《ごくごく》内気なひとでしたから、古風な恋わずらいをわずらい始めたのでございます。今のお人はお笑いなさるかも知れませんが、その頃の人間は、誠におっとりしたものでして、行きずりに一目見た女を恋して、わずらいついた男なども多かった時代でございますからね。云うまでもなく、兄はそんなご飯もろくろくたべられない様な、衰えた身体を引きずって、又その娘が観音様の境内を通りかかることもあろうかと悲しい空頼《そらだの》みから、毎日毎日、勤めの様に、十二階に昇っては、眼鏡を覗いていた訳でございます。恋というものは、不思議なものでございますね。

兄は私に打開けてしまうと、又熱病やみの様に眼鏡を覗き始めましたっけが、私は兄の気持にすっかり同情致しましてね、千に一つも望みのない、無駄《むだ》な探し物ですけれど、お止《よ》しなさいと止めだてする気も起らず、余りのことに涙ぐんで、兄のうしろ姿をじっと眺めていたものですよ。するとその時……ア、私はあの怪しくも美しかった光景を、忘れることが出来ません。三十年以上も昔のことですけれど、こうして眼をふさぎますと、その夢の様な色どりが、まざまざと浮んで来る程でございます。

さっきも申しました通り、兄のうしろに立っていますと、見えるものは、空ばかりで、モヤモヤとした、むら雲の中に、兄のほっそりとした洋服姿が、絵の様に浮上って、むら雲の方で動いているのを、兄の身体が宙に漂うかと見誤《みあやま》るばかりでございました。がそこへ、突然、花火でも打上げた様に、白っぽい大空の中を、赤や青や紫の無数の玉が、先を争って、フワリフワリと昇って行ったのでございます。お話したのでは分りますまいが、本当に絵の様で、又何かの前兆の様で、私は何とも云えない怪しい気持になったものでした。何であろうと、急いで下を覗いて見ますと、どうかしたはずみで、風船屋が粗相《そそう》をして、ゴム風船を、一度に空へ飛ばしたものと分りましたが、その時分は、ゴム風船そのものが、今よりはずっと珍らしゅうございましたから正体が分っても、私はまだ妙な気持がして居りましたものですよ。

妙なもので、それがきっかけになったという訳でもありますまいが、丁度その時、兄は非常に興奮した様子で、青白い顔をぽっと赤らめ息をはずませて、私の方へやって参り、いきなり私の手をとって『さあ行こう。早く行かぬと間に合わぬ』と申して、グングン私を引張るのでございます。引張られて、塔の石段をかけ降りながら、訳を尋ねますと、いつかの娘さんが見つかったらしいので、青畳《あおだたみ》を敷いた広い座敷に坐っていたから、これから行っても大丈夫元の所にいると申すのでございます。

兄が見当をつけた場所というのは、観音堂の裏手の、大きな松の木が目印で、そこに広い座敷があったと申すのですが、さて、二人でそこへ行って、探して見ましても、松の木はちゃんとありますけれど、その近所には、家らしい家もなく、まるで狐につままれた様な鹽梅《あんばい》なのですよ。兄の気の迷いだとは思いましたが、しおれ返っている様子が、余り気の毒だものですから、気休めに、その辺の掛茶屋などを尋ね廻って見ましたけれども、そんな娘さんの影も形もありません。

探している間に、兄と分れ分れになってしまいましたが、掛茶屋を一巡して、暫くたって元の松の木の下へ戻って参りますとね、そこには色々な露店に並んで、一軒の覗きからくり屋が、ピシャンピシャンと鞭《むち》の音を立てて、商売をして居りましたが、見ますと、その覗きの眼鏡を、兄が中腰になって、一生懸命覗いていたじゃございませんか。『兄さん何をしていらっしゃる』と云って、肩を叩きますと、ビックリして振向きましたが、その時の兄の顔を、私は今だに忘れることが出来ませんよ。何と申せばよろしいか、夢を見ている様なとでも申しますか、顔の筋がたるんでしまって、遠い所を見ている目つきになって、私に話す声さえも、変にうつろに聞えたのでございます。そして、『お前、私達が探していた娘さんはこの中にいるよ』と申すのです。

そう云われたものですから、私は急いでおあしを払って、覗きの眼鏡を覗いて見ますと、それは八百屋お七の覗きからくりでした。丁度吉祥寺《きちじょうじ》の書院で、お七が吉三《きちざ》にしなだれかかっている絵が出て居りました。忘れもしません。からくり屋の夫婦者は、しわがれ声を合せて、鞭で拍子を取りながら、『膝でつっらついて、目で知らせ』と申す文句を歌っている所でした。アア、あの『膝でつっらついて、目で知らせ』という変な節廻《ふしまわ》しが、耳についている様でございます。

覗き絵の人物は押絵になって居りましたが、その道の名人の作であったのでしょうね。お七の顔の生々として綺麗であったこと。私の目にさえ本当に生きている様に見えたのですから、兄があんなことを申したのも、全く無理はありません。兄が申しますには『仮令《たとい》この娘さんが、拵えものの押絵だと分っても、私はどうもあきらめられない。悲しいことだがあきらめられない。たった一度でいい、私もあの吉三の様な、押絵の中の男になって、この娘さんと話がして見たい』と云って、ぼんやりと、そこに突っ立ったまま、動こうともしないのでございます。考えて見ますとその覗きからくりの絵が、光線を取る為に上の方が開《あ》けてあるので、それが斜めに十二階の頂上からも見えたものに違いありません。

その時分には、もう日が暮《く》れかけて、人足《ひとあし》もまばらになり、覗きの前にも、二三人のおかっぱの子供が、未練らしく立去り兼ねて、うろうろしているばかりでした。昼間からどんよりと曇っていたのが、日暮には、今にも一雨来そうに、雲が下って来て、一層圧《おさ》えつけられる様な、気でも狂うのじゃないかと思う様な、いやな天候になって居りました。そして、耳の底にドロドロと太鼓《たいこ》の鳴っている様な音が聞えているのですよ。その中で、兄は、じっと遠くの方を見据えて、いつまでもいつまでも、立ちつくして居りました。その間が、たっぷり一時間はあった様に思われます。

もうすっかり暮切《くれき》って、遠くの玉乗りの花瓦斯《はなガス》が、チロチロと美しく輝き出した時分に、兄はハッと目が醒めた様に、突然私の腕を摑《つか》んで『アア、いいことを思いついた。お前、お頼みだから、この遠眼鏡をさかさにして、大きなガラス玉の方を目に当てて、そこから私を見ておくれでないか』と、変なことを云い出しました。『何故です』って尋ねても、『まあいいから、そうしてお呉《く》れな』と申して聞かないのでございます。一体私は生れつき眼鏡類を、余り好みませんので、遠眼鏡にしろ、顕微鏡にしろ、遠い所の物が、目の前へ飛びついて来たり、小さな虫けらが、けだものみたいに大きくなる、お化じみた作用が薄気味悪いのですよ。で、兄の秘蔵の遠眼鏡も、余り覗いたことがなく、覗いたことが少い丈けに、余計それが魔性《ましよう》の器械に思われたものです。しかも、日が暮て人顔もさだかに見えぬ、うすら淋しい観音堂の裏で、遠眼鏡をさかさにして、兄を覗くなんて、気違いじみてもいますれば、薄気味悪くもありましたが、兄がたって頼むものですから、仕方なく云われた通りにして覗いたのですよ。さかさに覗くのですから、二三間向うに立っている兄の姿が、二尺位に小さくなって、小さい丈けに、ハッキリと、闇の中に浮出して見えるのです。外《ほか》の景色は何も映らないで、小さくなった兄の洋服姿丈けが、眼鏡の真中に、チンと立っているのです。それが、多分兄があとじさりに歩いて行ったのでしょう。見る見る小さくなって、とうとう一尺位の、人形みたいな可愛らしい姿になってしまいました。そして、その姿が、ツーッと宙に浮いたかと見ると、アッと思う間に、闇の中へ溶け込んでしまったのでございます。

私は怖くなって、(こんなことを申すと、年甲斐《としがい》もないと思召《おぼしめし》ましょうが、その時は、本当にゾッと、怖さが身にしみたものですよ)いきなり眼鏡を離して、「兄さん」と呼んで、兄の見えなくなった方へ走り出しました。ですが、どうした訳か、いくら探しても探しても兄の姿が見えません。時間から申しても、遠くへ行った筈《はず》はないのに、どこを尋ねても分りません。なんと、あなた、こうして私の兄は、それっきり、この世から姿を消してしまったのでございますよ……それ以来というもの、私は一層遠眼鏡という魔性の器械を恐れる様になりました。殊《こと》にも、このどこの国の船長とも分らぬ、異人の持物であった遠眼鏡が、特別いやでして、外《ほか》の眼鏡は知らず、この眼鏡丈けは、どんなことがあっても、さかさに見てはならぬ。さかさに覗けば凶事が起ると、固く信じているのでございます。あなたがさっき、これをさかさにお持ちなすった時、私が慌《あわ》ててお止め申した訳がお分りでございましょう。

ところが、長い間探し疲れて、元の覗き屋の前へ戻って参った時でした。私はハタとある事に気がついたのです。と申すのは、兄は押絵の娘に恋こがれた余り、魔性の遠眼鏡の力を借りて、自分の身体を押絵の娘と同じ位の大きさに縮めて、ソッと押絵の世界へ忍び込んだのではあるまいかということでした。そこで、私はまだ店をかたづけないでいた覗き屋に頼みまして、吉祥寺の場を見せて貰いましたが、なんとあなた、案《あん》の定《じょう》、兄は押絵になって、カンテラの光りの中で、吉三の代りに、嬉し相な顔をして、お七を抱きしめていたではありませんか。

でもね、私は悲しいとは思いませんで、そうして本望《ほんもう》を達した、兄の仕合せが、涙の出る程嬉しかったものですよ。私はその絵をどんなに高くてもよいから、必ず私に譲ってくれと、覗き屋に固い約束をして、(妙なことに、小姓の吉三の代りに洋服姿の兄が坐っているのを、覗き屋は少しも気がつかない様子でした)家へ飛んで帰って、一伍一什《いちぶしじゅう》を母に告げました所、父も母も、何を云うのだ。お前は気でも違ったのじゃないかと申して、何と云っても取上げてくれません。おかしいじゃありませんか。ハハハハハハ」老人は、そこで、さもさも滑稽《こっけい》だと云わぬばかりに笑い出した。そして、変なことには、私も亦《また》、老人に同感して、一緒になって、ゲラゲラと笑ったのである。

「あの人たちは、人間は押絵なんぞになるものじゃないと思い込んでいたのですよ。でも押絵になった証拠には、その後《のち》兄の姿が、ふっつりと、この世から見えなくなってしまったじゃありませんか。それをも、あの人たちは、家出したのだなんぞと、まるで見当違いな当て推量をしているのですよ。おかしいですね。結局、私は何と云われても構わず、母にお金をねだって、とうとうその覗き絵を手に入れ、それを持って、箱根《はこね》から鎌倉《かまくら》の方へ旅をしました。それはね、兄に新婚旅行がさせてやりたかったからですよ。こうして汽車に乗って居りますと、その時のことを思い出してなりません。やっぱり、今日の様に、この絵を窓に立てかけて、兄や兄の恋人に、外の景色を見せてやったのですからね。兄はどんなにか仕合せでございましたろう。娘の方でも、兄のこれ程の真心を、どうしていやに思いましょう。二人は本当の新婚者の様に、恥かし相に顔を赤らめながら、お互の肌と肌とを触れ合って、さもむつまじく、尽きぬ睦言《むつごと》を語り合ったものでございますよ。

その後、父は東京の商売をたたみ、富山《とやま》近くの故郷へ引込みましたので、それにつれて、私もずっとそこに住んで居りますが、あれからもう三十年の余《よ》になりますので、久々で兄にも変った東京が見せてやり度いと思いましてね、こうして兄と一緒に旅をしている訳でございますよ。

ところが、あなた、悲しいことには、娘の方は、いくら生きているとは云え、元々人の拵えたものですから、年をとるということがありませんけれど、兄の方は、押絵になっても、それは無理やりに形を変えたまでで、根が寿命のある人間のことですから、私達と同じ様に年をとって参ります。御覧下さいまし、二十五歳の美少年であった兄が、もうあの様に白髪になって、顔には醜い皺が寄ってしまいました。兄の身にとっては、どんなにか悲しいことでございましょう。相手の娘はいつまでも若くて美しいのに、自分ばかりが汚く老込んで行くのですもの。恐ろしいことです。兄は悲しげな顔をして居ります。数年以前から、いつもあんな苦し相な顔をして居ります。それを思うと、私は兄が気の毒で仕様《しよう》がないのでございますよ」

老人は暗然として押絵の中の老人を見やっていたが、やがて、ふと気がついた様に、

「アア、飛んだ長話を致しました。併し、あなたは分って下さいましたでしょうね。外の人達の様に、私を気違いだとはおっしゃいませんでしょうね。アア、それで私も話甲斐《はなしがい》があったと申すものですよ。どれ、兄さん達もくたびれたでしょう。それに、あなた方を前に置いて、あんな話をしましたので、さぞかし恥かしがっておいででしょう。では、今やすませて上げますよ」

と云いながら、押絵の額を、ソッと黒い風呂敷に包むのであった。その

刹那、私の気のせいであったのか、押絵の人形達の顔が、少しくずれて、一寸恥かし相に、唇の隅で、私に挨拶の微笑を送った様に見えたのである。老人はそれきり黙り込んでしまった。私も黙っていた。汽車は相も変らず、ゴトンゴトンと鈍い音を立てて、闇の中を走っていた。

十分ばかりそうしていると、車輪の音がのろくなって、窓の外にチラチラと、二つ三つの燈火《あかり》が見え、汽車は、どことも知れぬ山間の小駅に停車した。駅員がたった一人、ぽっつりと、プラットフォームに立っているのが見えた。

「ではお先へ、私は一晩ここの親戚へ泊りますので」

老人は額の包みを抱《かかえ》てヒョイと立上り、そんな挨拶を残して、車の外へ出て行ったが、窓から見ていると、細長い老人の後姿《うしろすがた》は（それが何と押絵の老人そのままの姿であったか）簡略な柵の所で、駅員に切符を渡したかと見ると、そのまま、背後の闇の中へ溶け込む様に消えて行ったのである。

本書は、平成二十年五月に角川ホラー文庫より刊行した『人間椅子　江戸川乱歩ベストセレクション①』を底本に再編集したものです。なお本文中には、気違い、人夫、躄、ルンペン、狂気、畸形、車夫、唖、支那人町、支那兵など、今日の人権擁護の見地に照らして使うべきではない語句や、不適切な表現があります。しかしながら、作品全体を通じて差別を助長する意図はなく、執筆当時の時代背景や社会世相、また著者が故人であることを考慮の上、原文のままとしました。

（編集部）

100分間《ぶんかん》で楽《たの》しむ名作小説《めいさくしょうせつ》

人間椅子《にんげんいす》

江戸川乱歩《えどがわらんぽ》

令和6年 3月25日　初版発行
令和6年 11月15日　4版発行

発行者●山下直久

発行●株式会社KADOKAWA
〒102-8177　東京都千代田区富士見2-13-3
電話　0570-002-301(ナビダイヤル)

角川文庫 24081

印刷所●株式会社暁印刷
製本所●本間製本株式会社

表紙画●和田三造

●お問い合わせ
https://www.kadokawa.co.jp/(「お問い合わせ」へお進みください)
※内容によっては、お答えできない場合があります。
※サポートは日本国内のみとさせていただきます。
※Japanese text only

Printed in Japan
ISBN 978-4-04-114812-9　C0193

◇◇◇

角川文庫発刊に際して

角川源義

第二次世界大戦の敗北は、軍事力の敗北であった以上に、私たちの若い文化力の敗退であった。私たちの文化が戦争に対して如何に無力であり、単なるあだ花に過ぎなかったかを、私たちは身を以て体験し痛感した。西洋近代文化の摂取にとって、明治以後八十年の歳月は決して短かすぎたとは言えない。にもかかわらず、近代文化の伝統を確立し、自由な批判と柔軟な良識に富む文化層として自らを形成することに私たちは失敗して来た。そしてこれは、各層への文化の普及滲透を任務とする出版人の責任でもあった。

一九四五年以来、私たちは再び振出しに戻り、第一歩から踏み出すことを余儀なくされた。これは大きな不幸ではあるが、反面、これまでの混沌・未熟・歪曲の中にあった我が国の文化に秩序と確たる基礎を齎らすためには絶好の機会でもある。角川書店は、このような祖国の文化的危機にあたり、微力をも顧みず再建の礎石たるべき抱負と決意とをもって出発したが、ここに創立以来の念願を果すべく角川文庫を発刊する。これまで刊行されたあらゆる全集叢書文庫類の長所と短所とを検討し、古今東西の不朽の典籍を、良心的編集のもとに、廉価に、そして書架にふさわしい美本として、多くのひとびとに提供しようとする。しかし私たちは徒らに百科全書的な知識のジレッタントを作ることを目的とせず、あくまで祖国の文化に秩序と再建への道を示し、この文庫を角川書店の栄ある事業として、今後永久に継続発展せしめ、学芸と教養との殿堂として大成せんことを期したい。多くの読書子の愛情ある忠言と支持とによって、この希望と抱負とを完遂せしめられんことを願う。

一九四九年五月三日

角川文庫ベストセラー

D坂の殺人事件　江戸川乱歩

名探偵・明智小五郎が初登場した記念すべき表題作を始め、推理・探偵小説から選りすぐって収録。自らも数々の推理小説を書き、多くの推理作家の才をも発掘してきた大乱歩の傑作の数々をご堪能あれ。

黒蜥蜴と怪人二十面相　江戸川乱歩

美貌と大胆なふるまいで暗黒街の女王に君臨する「黒蜥蜴」。ロマノフ王家のダイヤを狙う「怪人二十面相」。乱歩作品の中でも屈指の人気を誇る、名探偵・明智小五郎の二大ライバルの作品が一冊で楽しめる！

鏡地獄　江戸川乱歩

少年時代から鏡やレンズに異常な嗜好を持っていた男の末路は……（「鏡地獄」）。表題作のほか、「人間椅子」「芋虫」「パノラマ島奇談」「陰獣」ほか乱歩の怪奇・幻想ものの代表作を選りすぐって収録。

晩年　太宰　治

自殺を前提に遺書のつもりで名付けた、第一創作集。〝撰ばれてあることの　恍惚と不安と　二つわれにあり〟というヴェルレエヌのエピグラフで始まる「葉」、少年時代を感受性豊かに描いた「思い出」など15篇。

女生徒　太宰　治

「幸福は一夜おくれて来る。幸福は――」多感な女子生徒の一日を描いた「女生徒」、情死した夫を引き取りに行く妻を描いた「おさん」など、女性の告白体小説の手法で書かれた14篇を収録。

角川文庫ベストセラー

斜陽
太宰　治

没落貴族のかず子は、華麗に滅ぶべく道ならぬ恋に溺れていく。最後の貴婦人である母と、麻薬に溺れ破滅する弟・直治、無頼な生活を送る小説家・上原。戦後の混乱の中を生きる4人の滅びの美を描く。

人間失格
太宰　治

無頼の生活に明け暮れた太宰自身の苦悩を描く内的自叙伝であり、太宰文学の代表作である「人間失格」と、家族の幸福を願いながら、自らの手で崩壊させる苦悩を描き、命日の由来にもなった「桜桃」を収録。

ヴィヨンの妻
太宰　治

死の前日までに13回分で中絶した未完の絶筆である表題作をはじめ、結核療養所で過ごす20歳の青年の手紙に自己を仮託した「パンドラの匣」、「眉山」など著者が最後に光芒を放った五篇を収録。

津軽
太宰　治

昭和19年、風土記の執筆を依頼された太宰は3週間にわたって津軽地方を1周した。自己を見つめ、宿命の生地への思いを素直に綴り上げた紀行文であり、著者最高傑作とも言われる感動の1冊。

愛と苦悩の手紙
太宰　治
編／亀井勝一郎

獄中の先輩に宛てた手紙から、死のひと月あまり前に妻へ寄せた葉書まで、友人知人に送った書簡二一二通。太宰の素顔と、さまざまな事件の消息、作品の成立過程などを明らかにする第一級の書簡資料。